Jane Goodall

국립중앙도서관 출판시도서목록(CIP)

제인 구달 / 수딥타 바단 퀘렌 지음 ; 권혁정 옮김. – 고양 : 나무처럼, 2010
    p. ;   cm. – (세상을 빛낸 위대한 여성 ; 4)

원표제: Jane Goodall
원저자명: Sudipta Bardhan-Quallen
참고문헌과 연보수록
영어 원작을 한국어로 번역
ISBN 978-89-92877-14-5 44840 : ₩10000
ISBN 978-89-92877-10-7(세트)

동물 학자[動物學者]

490.99- KDC5   CIP2010003316
570.92-DDC21   CIP2009004039

w
세상을 빛낸 위대한 여성

제인 구달

수딥타 바단 퀘렌 지음 · 천혁정 옮김

나무처럼
Namubooks

세상의 모든 침팬지를 위하여

내가 제인 구달을 처음 본 건 1984년입니다. 여섯 살 때 TV 브라운관을 통해서였지요. 부모님은 TV 시청에 몹시 까다로운 분들이었지만 내셔널지오그래픽 채널은 문제 삼지 않았습니다. 당시 내가 본 프로그램은 〈야생침팬지 사이에서〉였는데, 뒤엉킨 나뭇가지 속에서 모습을 드러낸 제인의 모습은 이 세상에서 가장 용감한 여성처럼 보였습니다. 그녀가 야생 침팬지들과 불과 몇 센티미터 거리를 두고 자연스럽게 앉아 있는 모습을 보며 세상에서 가장 용감한 여성이라는 첫인상은 점점 확신으로 변했습니다.

복잡한 감정을 지닌 침팬지들이 내겐 참 매력적으로 다가왔습니다. 하지만 세상에서 가장 똑똑한 줄로만 알았던 사촌 오빠는 비웃듯이 '침팬지는 생각 없는 짐승'이라고 했습니다. 어떻게 그런 생각을 할 수 있는지 도저히 이해가 되지 않았습니다. 제인은 마치 침팬지가 아닌 아이들과 함께 있는 것처럼 편안해 보였는데 말입니다. 다큐멘터리가 끝나갈 무렵 제인은 내 새로운 영웅이 되었습니다. 그녀의 강인함과 결단력, 총명함 등에 매료된 나는 그때부터 제인에 관한 책을 모조리 찾아 읽기 시작했습니다. 너덜너덜해진 『인간의 그늘에서』를 도서관에서 빌려 샅샅이 읽으며 나도 언젠가는 제인의 발자취를 따라가겠다고 맹세했습니다.

비록 제인 구달처럼 되지는 못했지만 나도 아프리카 탐험을 한 적이 있습니다. 하지만 제인 구달이 개척했던 곰베까지는 못 가고 보츠와나공화국과 남아프리카공화국에만 다녀올 수 있었습니다. 제인을 따라 한다는 건 무척이나 어려운 일이었습니다. 사실 야생동물을 피할 아무런 방패막이도 없이 텐트를 치고 야전침대에서 잘 용기가 나지 않았던 거지요. 게다가 전기나 수도, 무선 인터넷도 없이 몇 달간 살 엄두도 나지 않았습니다.

하지만 야생을 경험할 기회는 있었습니다. 아프리카 탐험을 하던 어느 날 밤 코끼리 무리를 보았던 겁니다. 해가 지자 어미들이 새끼를 거느리고 물을 마시러 한자리에 모이더군요. 우리가 탄 차가 가까이 다가가자 어마어마하게 덩치가 큰 코끼리 한 마리가 노려보면서 물러나라고 경고했습니다. 나머지 코끼리들은 계속해서 자유롭게 달빛을 받으며 물을 마셨습니다. 참으로 아름다운 장면이었습니다. 그 순간 나는 곰

베를 개척한 용감한 제인 구달에게 매료되었던 어린 소녀를
회상하며 잠시 생각에 잠겼습니다. 그러면서 조금이나마 제
인의 경험을 공유했다는 것을 느낄 수 있었습니다.

데이비드 그레이비어드라고 이름 지어 준 침팬지가 제인의 손을 잡고 있다.
데이비드는 제인을 믿어 준 첫 침팬지 중 하나다.

제인 구달은 하루 종일 곰베스트림 침팬지보호구역을 샅샅이 헤매고 다녔다. 꼭두새벽에 길을 나서서 산 비탈길을 넘고 울퉁불퉁한 오솔길은 물론 숲으로 뒤덮인 계곡까지 휘젓고 다녔는데도 종일 침팬지는 한 마리도 보이지 않았다.

제인은 곰베의 경이로운 자연경관이 한눈에 내려다보이는 꼭대기에 올라갔다. 저녁 다섯 시가 되자 이미 해가 저물기 시작했다. 서둘러 캠프로 내려가야만 했다. 운이 좋으면 내려가는 길에 침팬지들이 나무에 잠잘 보금자리를 짓는 광경을 볼 수 있을 것 같았다.

순간 날카로운 외침이 허공을 갈랐다. 어린 침팬지들의 외침이었다. 제인은 쌍안경으로 지평선을 자세히 관찰했다. 침팬지 네 마리가 먹을 것을 두고 서로 으르렁거리며 싸우고 있었다. 싸움은 순식간에 끝이 났고 승리자는 의기양양하게 먹을 것을 챙겼다.

제인은 침팬지들을 향해 발걸음을 옮겼다. 오랫동안 햇볕을 받아 쭈글쭈글해진 무화과나무를 향해 10분 동안이나 살금살금 기어갔지만 침팬지들은 이미 사라지고 없었다. 우울함이 밀려왔다. 최선을 다해 조심했는데도 침팬지들은 자신의 접근을 눈치채고 떠나버린 것이다.

그때 20미터도 채 안 되는 거리에서 자신을 빤히 노려보고 있는 침팬지 두 마리가 제인의 눈에 들어왔다. 녀석들은 늘 함께 붙어 다니는 데이비드 그레이비어드와 골리앗이었다. 제인은 늘 그렇듯 그들도 자신을 피해 도망갈 거로 생각했지만 이번에는 달랐다. 데이비드와 골리앗은 그저 제인을 뚫어지게 바라볼 뿐 자리를 떠나지 않았다. 제인이 느릿느릿 조심스러운 몸짓으로 앉을 때에도 마찬가지였다. 잠시 후 두 녀석은 서로 털을 다듬어 주기 시작했다. 곧이어 두 마리가 더 나타났다. 암컷과 어린 새끼였다. 제인은 그들이 있는 방향으로 조심스럽게 몸을 돌렸다. 잠시 시야에서 사라졌던 침팬지들은 40미터 거리에 다시 나타났다. 그들도 마찬가지로 제인을 고요히 바라보기만 했다.

"내가 다가갈 때마다 덤불 속으로 사라지던 침팬지들의 본능적인 두려움을 극복하려고 애쓴 지 6개월 만에…… 지금 수컷 두 마리가 나와 아주 가까운 곳에 앉아 있다. 나는 그들의 숨소리까지 들을 수 있다." 제인이 관찰노트에 적었다.

10분 동안 데이비드와 골리앗은 계속해서 서로 몸치장을 해주었다. 그러더니 데이비드가 일어서서 제인을 빤히 바라보았다. 겁에 질린 채 앉아 있는 제인의 그림자가 녀석에게 드리워져 있었다. 사소한 움직임조차 녀석에겐 위협으로 느껴질 수 있었지만 그런 일은 일어나지 않았다. 그날 밤 제인은 서둘러서 캠프로 돌아와 그날의 승리를 한껏 즐겼다.

차 례

"ADVENTURES
OF
TARZAN"

The Wild Animal Serial Supreme

STARRING

Elmo Lincoln

IN

15 Electrifying Episodes

PRODUCED BY
GREAT WESTERN PRODUCING CO.
FOR WEISS BROTHERS'
NUMA PICTURES CORP.

PICTURIZED FROM THE CONCLUDING CHAPTERS OF
"THE RETURN OF TARZAN"
BY

Edgar Rice Burroughs

LIONS, ELEPHANTS, CROCODILES, LEOPARDS
APES, MONKEYS AND A HOST OF OTHER JUN
DENIZENS. SCENE AFTER SCENE OF THRILLIN
EXCITEMENT IN EACH EPISODE OF "ADVENTURES
OF TARZAN". THE HEROIC LINCOLN AS TARZAN
THE APE-MAN, IS THE CENTRAL FIGURE IN A
SERIES OF HAIR-BREADTH ESCAPES AND WOND
FUL STUNTS WHICH WILL KEEP YOU ON THE EDGE
YOUR CHAIR THROUGHOUT THE ENTIRE SERIAL

"THE TARZAN OF TARZANS

에드거 라이스 버로가 쓴 타잔에 관한 책, 제인은 이 책을 무척 감명 깊게 읽었다.

1
아프리카를
꿈꾸며

사람들은 마거릿 마이판위 조지프를 푸른 눈의 여
신에 비유하곤 했다. '반느'라 불리는 그녀는 수려한 이목구비
와 탐스러운 갈색 머리카락, 온화한 미소를 지닌 여인이었다.

어느 날 저녁, 모티머 허버트 모리스 구달은 자신의 집 근처
를 걷는 반느를 보았다. 그는 그녀의 관심을 끌려고 일부러
계단에서 굴러떨어졌다.

파란 눈에 금발인 훤칠한 키의 미남 모티머는 반느와 금세
사랑에 빠졌고 결혼에 골인했다. 금실이 좋긴 했지만 두 사람
은 여러 면에서 잘 어울리는 부부는 아니었다. 반느가 조용하
고 고독을 즐기는 성품에 작가를 꿈구었다면 모티머는 기계
와 첨단과학 분야에 열정적인 사람이었다. 특히 자동차 경주
에 열광했던 그는 애스턴 마틴이라는 비싸고 멋진 차를 몰고

다녔다. 그는 반느가 묘사한 대로 '일종의 소용돌이' 같은 삶을 살았다.

반느는 남편이 자동차 경주를 즐기는 것을 지지했지만 함께 즐기지는 않았다. 1933년, 모티머는 르망 자동차경주에 애스턴 마틴 팀으로 참가해 달라는 요청을 받았다. 오후 네 시부터 시작하여 24시간 동안 수많은 구간을 달려야 하는 경기였다. 모티머의 레이싱 실력은 대회에 참가하기에 충분했다. 반느는 남편이 얻은 행운을 축하해 주었다. 그로부터 약 9개월이 지난 1934년 4월 3일, 오후 11시 30분경 구달 부부는 첫딸을 얻었다. 아이의 이름은 '발레리 제인'이라 지었다.

발레리 제인은 어릴 때부터 유난히 동물들을 좋아했다. 모티머는 제인의 첫돌에 특별한 장난감을 사 줬다. 어린이만 한 실물 크기의 침팬지로, 런던동물원에서 태어난 새끼 침팬지를 기념해 생산해 낸 '주빌레'라는 인형이었다. 침팬지는 반짝반짝 빛나는 단추 눈에, 부드럽고 짙은 갈색 털, 솜털 같은 하얀 턱을 하고 있었다. 배를 꾹 누르면 음악도 나왔다. 구달 부부의 친구들은 실물 크기의 장난감을 보면 아기가 놀랄 거라며 선물을 만류했다. 하지만 장난감을 선물로 받은 발레리 제인은 주빌레가 무척 마음에 들었는지 어디나 데리고 다녔고 심지어 옷까지 지어 입혔다. 훗날 가족들은 주빌레에 대한 제인의 사랑은 다가올 미래의 전조였다고 털어놓았다.

발레리 제인이 태어나고 구달 부부의 생활은 긴장의 연속이었다. 모티머는 남편과 아버지 역할보다 자동차 경주에 더 집중했다. 또 돈 관리에도 미숙해서 미납청구서가 날아들기도 했다. 엔지니어였던 도티머는 대부분 직장에서 바쁜 나날을 보내며 딸아이의 잠든 모습만 보기 일쑤였다. 그러다 보니 딸아이와 가깝게 지낼 시간이 없었다. 사실 그가 발레리 제인에게 준 것은 건강과 열정적인 에너지, 경쟁심리, 자발적인 모험심 등 선천적인 것이 대부분이었다. 그 외의 것은 모두 어머니인 반느에게서 받은 영향이었다.

반느는 보모와 함께 발레리 제인을 돌보았다. 반느는 아이를 사랑과 적당한 훈육으로 키워야 한다고 믿었다. 또 자연을 감사히 여기는 마음을 갖도록 가르쳤다.

발레리 제인이 자라는 동안 주빌레는 변함없는 친구였다. 언제나 동물에 관심이 많았던 소녀에게 집 정원은 새로운 호기심을 키울 수 있는 장소였다. 제인에겐 꽃과 새, 곤충을 보는 것 외에도 애완용 거북이 조니 워커와 강아지 페지, 그 밖의 동물들과 함께하는 시간이 가장 행복했다.

18개월이 되었을 때 발레리 제인은 땅에서 지렁이를 한 줌 파내서 집으로 가져와 자신의 침대에 올려놓았다. 이를 본 보모는 질색했다. 반느가 얼른 방으로 달려가 보니 아기는 지렁이들 옆에 나란히 누워서 행복한 표정을 짓고 있었다. 아기에게 다가간 반느는 부드럽게 말했다.

"지렁이는 흙이 없으면 금방 죽는단다."

그러자 제인은 한숨을 쉬더니 서둘러 지렁이를 정원에 도로 가져다 놓았다.

지렁이 사건 직후 구달 가족은 영국 남서부의 콘월 섬으로 여행을 떠났다. 발레리 제인은 바닷가에서 조개를 잡으며 하루를 보냈다. 잡아온 조개를 보니 그것은 노란 바다 달팽이였다. 반느는 다시 한번 달팽이도 바다로 되돌려 보내지 않는다면 죽게 될 거라고 설명했다. 이 말을 들은 아기는 걱정으로 이성을 잃었고 집 안에 있던 사람들은 달팽이를 모두 주워 다시 바다로 안전하게 보내주었다. 그제야 발레리 제인은 안정을 되찾았다.

반느와 보모의 사랑과 관심을 받으며 응석받이로 자라나던 제인에게도 동생이 생겼다. 1938년 4월 3일, 발레리 제인의 네 번째 생일에 맞추어 여동생 주디스 대프니가 태어났다. 사람들은 아기를 '주디'라고 불렀다. 네 살배기 발레리 제인은 동생을 질투했다.

"한동안 나를 통제할 수 없을 정도로 난폭해졌어요. 끔찍하게 행동했죠." 훗날 그녀는 회상했다.

어느 날 보모가 발레리 제인과 주디를 데리고 산책 중에 갑자기 발레리 제인이 자지러지게 비명을 질렀다.

"갑자기 배가 아파. 설사할 것 같아!"

이렇게 발레리 제인은 주위의 관심을 받으려고 응석을 부렸다. 하지만 발레리 제인과 주디가 절친한 소꿉친구가 되기까지는 그리 오랜 시간이 걸리지 않았다. 얼마 안 있어 발레리 제인은 동생과 부모의 관심을 나누는 것에 익숙해졌다.

발레리 제인이 다섯 살, 주디가 한 살이 채 안 되었을 때 아버지 모티머는 레이서가 되기로 했다. 구달 가족은 집을 팔고 프랑스 북부 해안 도시 르 뚜께의 빌라로 이사해 한동안 행복한 나날을 보냈다. 두 아이는 쾌적한 생활을 즐겼고, 구달 부부는 찾아오는 방문객들을 맞느라 정신없이 분주했다. 하지만 프랑스에 정착한 지 몇 달이 지나지 않아 구달 가족은 그곳에 더는 머무를 수 없게 되었다. 1939년 여름, 아돌프 히틀러 지휘하의 독일군이 세계 제2차대전을 일으켰던 것이다. 구달 가족에게 프랑스는 안전한 장소가 아니었다. 궁여지책으로 구달 가족은 모티머의 어머니 엘리자베스 너트가 사는 영국의 시골집으로 향했다.

발레리 제인은 '그래니granny(할머니)'라는 발음이 되지 않아 할머니를 '대니'라고 불렀다. 그곳에서 머무는 동안 대니는 큰 손녀딸에게 달걀을 모아오는 일을 시켰다. 동물을 사랑하는 발레리 제인은 그 일을 아주 잘해냈다.

발레리 제인에겐 암탉이 알을 낳는 과정이 그저 수수께끼만 같았다. 그래서 어느 날 혼자 힘으로 이 신비를 밝혀 보기로 했다.

첫 시도는 실패로 돌아갔다. 발레리 제인이 가까이 다가가자 암탉이 무섭게 꼬꼬댁거리는 바람에 쫓겨나오고 말았던 것이다. 이런 저런 고민 끝에 빈 닭장에 미리 들어가 있으면 닭들을 자극하지 않을 것 같았다. 그녀는 닭장이 빈 틈을 타미리 들어가 쪼그리고 앉아서 암탉이 와 알을 낳기를 조용히 기다렸다.

발레리 제인이 암탉의 신비를 조사하는 동안, 가족들은 아무리 찾아도 아이가 보이지 않자 경찰에 신고했다. 가족과 이웃 사람들이 자신을 찾는 왁자지껄한 소리에도 아랑곳하지 않고 발레리 제인은 숨을 죽인 채 가만히 기다렸다. 마침내 암탉 한 마리가 닭장 안으로 들어와 둥지에 앉았다.

"꼼짝 않고 가만히 있어야 했어요. 아니면 닭이 알을 낳는 걸 방해할 테니까요. 드디어 닭이 절반쯤 일어서는 거예요. 나는 암탉의 다리 사이에서 하얗고 둥근 것이 점점 비어져 나오는 것을 보았어요. 그러더니 '폭' 하는 소리와 함께 달걀이 짚으로 떨어지는 게 아니겠어요." 훗날 그녀는 회상했다.

  스스로 미스터리를 푼 발레리 제인은 집으로 달려갔다. 아이가 사라진 지 네 시간이 다 되어 이미 날이 어둑어둑하게 저문 상태였다. 집으로 돌아온 아이의 머리와 옷에는 온통 닭장의 짚이 묻어 지저분했다. 반느는 딸아이가 몹시 흥분해 있다는 걸 알아차렸다. 이렇게 야단법석을 떨게 한 아이를 꾸짖는 대신 반느는 발레리 제인이 암탉을 지켜보면서 알아낸 사실을 귀담아들어 주었다.

  "그때 일을 생각해 보면, 정말로 어린 과학자의 모습이었다고나 할까요. 호기심에 가득 차 물어보고 지켜보고 했으니까요. 여러분도 어떤 의문에 답을 얻지 못했다면 스스로 답을 찾아보세요. 그러면 해답을 얻게 될 거예요. 처음에는 답을 얻을 수 없을지 모르지만 그래도 계속 도전해 보세요." 세월이 지나 제인이 말했다.

  새로운 발견을 했을 때 격려해 준 엄마는 제인이 미래에 동물과 관련된 일을 하는 데 중요한 역할을 했다.

  닭장 사건이 있고 나서 얼마 후 아버지는 영국 군대에 자원해 1939년 12월에 영국을 떠났다. 반느는 두 딸을 데리고 영국의 아름다운 해안에 있는 번머스로 가기로 했다. 그곳에는 반느의 친정어머니가 빅토리아풍 저택에 살고 있었다. '버치스(Birches)'라고 부르는 곳이다. 버치스로 이사한 후 발레리 제인은 이 집에서 남은 어린 시절을 보냈다.

발레리 제인은 외할머니도 친할머니와 마찬가지로 '대니'
라고 불렀다. 그리하여 주위 사람들도 그녀의 외할머니를 그
렇게 부르게 되었다. 대니 또한 자신의 집을 딸들인 반느와
올웬(올리), 오드리(오디)와 함께 기꺼이 공유했다. 제인의 외
삼촌 에릭은 외과의사인데 대부분 주말에만 그들을 방문했
다. 하지만 그 집은 대부분 대니를 우두머리로 한 여성들의
장소였다. 이런 환경에서 자라는 이점은 그 누구도 발레리 제
인에게 "넌 여자니까 이런 일을 하면 안 돼!"라고 말하지 않
는다는 것이다.

여덟 살 때 발레리 제인은 우연히 휴 로프팅의 『닥터 둘리틀
이야기』를 읽었다. 동물들과 이야기를 나누는 한 남자에 관한
이야기였다. 동물을 사랑하는 발레리 제인에게 닥터 둘리틀의
삶은 꿈처럼 다가왔다. 또 제인은 에드거 라이스 버로스가 쓴
『타잔』도 읽었다.

"『타잔』은 내 상상력과도 일치했어요. 열 살 무렵 나는 타잔
과 열렬한 사랑에 빠졌지요…… 그러다 보니 타잔의 연인 제
인보다 내가 더 타잔과 잘 어울린다는 착각에 사로잡혀 지독
히도 제인을 질투했어요. 이것이 계기가 되어 나도 어른이 되
면 동물들이 사는 아프리카로 가야겠다는 꿈을 갖게 되었어

요. 그곳에 가서 타잔과 제인 이야기와 같은 책을 쓸 생각이
었죠." 발레리 제인이 말했다.

발레리 제인은 아프리카와 타잔을 꿈꾸며 어린 시절을 보
냈다. 하지만 아프리카로 향하는 길은 험난한 현실이 가로막
고 있었다. 아버지는 군에 자원해서 외국에 나갔기 때문에 거
의 없으나 마찬가지였고, 의사인 에릭 외삼촌과 올리 이모는
공습경보가 울리면 바로 사람들을 도우러 가야만 했다.

미국이 영국과 합세하여 히틀러에 대항해 싸우게 되자 미
군들은 프랑스나 네덜란드 등의 전선으로 향하는 길에 영국
에 들렀다. 일부 미군 부대는 버치스 외곽에 주둔해 있었다.
더러 군인들은 발레리 제인과 주디에게 사탕과 과자를 나누
어 주었다. 두 자매는 그들이 전선에 나갈 때까지 말벗이 되
어 주기도 했다.

1945년, 전쟁 중에 발레리 제인은 번머스 근처 팍스톤의 업
랜즈 여학교에 입학했다. 여학생들은 모두 네이비블루 속옷
바지와 스커트에 하얀색 칼라가 딸린 블라우스를 입고, 그 위
에 벨트를 둘렀다. 그녀는 개인적으로 학교를 '카운테스 호파
논'이라고 불렀고 친구인 샐리에게 보내는 편지에 이렇게 설
명했다.

"우리 학교에는 정말로 멋진 체육관도 있고 말들도 있어.

모든 게 다 갖춰져 있어. 아이들은 다 괜찮은 것 같아. 그런데 몇몇 아이들한테서 악취가 나."

발레리 제인은 학교 다니는 것을 별로 좋아하지 않았다. 흥미 있는 과목도 있었고 공부가 싫은 것도 아니었지만 매일 집을 떠나야 하는 것이 싫었고 오랜 시간 교실에만 있어야 하는 것도 답답했다. 제인은 토요일마다 승마를 배웠는데 이날을 무척 고대하며 보냈다.

학교가 쉬는 날이면 샐리와 그녀의 동생 수지가 집으로 놀러 왔다. 발레리 제인은 이들을 데리고 동물과 함께 즐겁게 지냈다. 제인과 샐리 자매, 동생 주디는 '악어클럽'이라는 자연관찰 클럽을 만들었다. 발레리 제인은 이 클럽에 들어오는 데 엄격한 룰을 적용했다. 클럽에 들어오려면 시험을 거쳐야 하는데, 새 열 마리, 개 열 마리, 나무 열 그루, 나비 다섯 종류를 구별할 줄 알아야만 했다. 1946년에 쓴 편지를 보면 그녀가 샐리에게 회원 배지를 만들도록 지시한 내용이 있다.

"아주 작은 악어 모형을 찾아서 그걸 본뜨고 초록색 종이에 고정한 다음 모형을 따라서 오리면 일단 초록색 악어 모양이 나와. 이걸 하얀색 천에 대고 바늘로 꿰매는 거야. 그리고 뒤에 안전핀을 꽂으면 완성이야. 다 만든 후에 네가 사용한 악어 견본과 배지 모형을 내게 보내 줘. 악어 배지 모양이 모두 같은지 점검해 봐야 하니까…… 내가 대장이니까 책임이 있어."

나이가 제일 많은 발레리 제인은 자연스럽게 클럽의 회장이 되었고 회원은 모두 그녀의 말을 순순히 따랐다.

"언니는 대장이었어요. 늘 아이디어가 반짝반짝했고 재미나는 일을 꾸몄어요. 이따금 내가 '싫어, 하기 싫단 말이야' 하고 말하면 언니는 무척 당황했죠." 동생 주디가 말했다.

악어클럽의 회장으로서 발레리 제인은 회원에게 닉네임을 부여했다. 자신은 나비, 샐리는 바다오리, 수지는 무당벌레, 주디는 송어였다.

악어클럽은 화보를 만들어 직접 자연과 관련된 기사를 쓰고 수집하는가 하면 정원에 아지트까지 만들어 놓았다. 학기 중이라 샐리 자매와 헤어져 있을 때는 편지를 교환하며 클럽을 운영했고, 때로는 우편으로 자연과 관련된 퀴즈를 내기도 했다.

1951년, 발레리 제인이 열일곱 살이 되었을 때 어머니와 아버지가 이혼했다. 아버지가 참전했던 시기에도 발레리 제인의 삶에는 그다지 큰 변화가 없었다. 큰 변화가 찾아온 건 오히려 고등학교를 졸업할 무렵이었다. 그즈음 그녀는 자신을 제인으로만 언급하기 시작했다. 줄곧 발레리라는 이름이 마

음에 들지 않았고 그냥 제인이라고 하는 것이 훨씬 홀가분한
느낌이었다.

졸업과 동시에 제인은 앞으로 무엇을 할 것인지 고민하기
시작했다. 고등학교 성적은 높은 편이라서 대학을 가기에는
충분했지만 어머니는 제 힘으로 대학을 다니기를 원했기에
등록금을 대주지 않았다.

제인은 글을 읽고 쓰는 것을 좋아해서 기자가 되면 어떨까
하는 고민에 사로잡혔다. 그러나 그녀는 아프리카로 가서 동
물을 연구하고 싶다는 꿈을 여전히 간직하고 있었다. 제인에
게 아프리카는 떨칠 수 없는 매력이었기에 다른 것이 파고들
여지가 없었다.

당시 여자들은 교사나 간호사, 비서가 되는 게 일반적이었
다. 그나마 제인이 공부할 수 있는 분야는 생물학이었는데 그
녀가 관심을 둔 야생생물학은 존재조차 하지 않을 때였다. 동
물을 연구하려는 사람들(그나마 남자들이지만)은 잡혀온 동물로
동물원에서 연구했다. 실제로 아프리카에 가서 야생의 동물들
을 관찰하는 사람은 아무도 없었다.

취업상담 선생님은 제인의 포부를 듣고 입이 떡 벌어졌다.
선생님은 젊은 여자가 아프리카에 가서 야생동물과 교류하고
싶다는 생각을 하다니 참으로 괴이하다고 여겼다. 선생님은 제

인에게 사진을 공부해 보라는 조언을 해줬다. 애완동물을 찍다 보면 동물들을 공부할 기회가 있을 거라고 했다. 제인은 딱 잘라 거절했다. 제인이 믿을 수 있는 사람은 가족뿐이었다. 취업 상담 선생님이 실망스러운 제안을 내놓자 제인은 어머니 반느에게 조언을 구했다.

"어린 시절 내내 나를 가르친 엄마의 철학은 '네가 진정으로 원하면 열심히 해라. 기회를 잘 활용해서 절대로 포기하지 마라. 꼭 길을 찾게 될 테니' 였다." 제인은 인터뷰나 글에서 어머니에 관한 글을 심심찮게 다루었다.

딸의 꿈을 이해한 어머니는 비서 교육을 받아 보라고 권했다. 비서라는 직업은 전 세계를 돌아다닐 수도 있고, 그러다 보면 아프리카로 가는 방법을 찾을 수도 있다는 거였다. 결국 1953년 5월, 열아홉 살인 제인은 런던으로 가서 사우스 켄싱턴에 있는 퀸스 비서학교에 들어갔다. 그곳에서 그녀는 지인 집에 방을 하나 얻어 살면서 타자와 속기, 부기 등을 배웠다.

제인은 도시에 살고 있었지만 가능하면 자주 동물들과 함께 있으려고 애썼다. 주말에는 가끔 에릭 외삼촌 차를 얻어 타거나 기차를 타고 집으로 가기도 했다. 또 더러는 집안끼리 잘 아는 시브룩스 씨 농장에 놀러 갔다. 제인은 그의 딸 조와 금방 친해졌고 농장에서 함께 말을 타며 시간을 보냈다.

1954년 3월, 제인은 비서학교를 마쳤다. 그녀는 이곳에서도 매우 성적이 좋아서 1분에 51단어를 타자로 치고 110단어를 속기할 수 있게 되었다.

비서 자격증을 딴 후 집으로 돌아간 제인은 잠시 올리 이모의 병원에서 일했다. 이모는 물리치료사였는데 제인은 이곳에서 주로 타자를 쳤다. 병원 환자들에겐 갖가지 문제가 있었다. 선천적으로 발이 기형인 아기들, 소아마비로 사지가 마비된 어린이들, 평생 휠체어에 앉아서 지내야 하는 아이들의 모습을 보며 제인은 건강이야말로 큰 행운임을 깨달았다. 그래서 하나님께 감사하고, 문제를 해결하거나 슬픔을 견뎌 나가는 데 좀더 적극적인 자세로 임했다.

병원에서 6개월 정도 일한 뒤에 제인은 옥스퍼드대학의 행정실에 일자리를 얻었다. 동물과는 연관이 없는 직업이었으나 상사가 애완용 햄스터인 햄릿을 사무실에서 기르도록 허락해 주었다.

옥스퍼드에서의 생활은 나름 흥미로웠다. 옥스퍼드대학의 근거지인 도시에서 대학 비서라는 직업은 사회적으로도 이점이 많았다. 게다가 공부도 안 하고 학교에 다니는 학생 같다고나 할까. 무엇보다도 마음에 쏙 든 건 옥스퍼드의 멋진 강이다. 제인은 이 강에서 아침 일찍 혹은 저녁 늦게 카누를 즐겼다. 하지만 오랫동안 비서 일자리에 만족하지는 않았다.

1955년 어머니와 외할머니에게 보낸 편지에는 이런 내용이 담겨 있다.

"아, 글을 쓰고 싶어요. 지금 하는 일은 넌더리가 나요……지난 몇 주간은 최악이었어요. 너무나 권태로워요. 다른 일자리를 찾아야 할 것 같아요."

제인은 아직 기자나 작가가 되는 꿈을 포기하지 않았다고 친구들에게 심정을 털어놓았다. 비서 일은 좀더 의미 있는 작품과 인생 경험을 위한 징검다리일 뿐이라고 변명했다.

1955년 4월, 제인은 지인의 소개로 런던에 있는 스탠리 스코필드 프로덕션에서 일할 멋진 기회를 얻었다. 그곳에서 제인은 고객 접대에서 영화 편집에 이르기까지 다양한 일을 접했다. 런던에 있는 동안 제인은 아파트에서 살았다. 영화 일은 옥스퍼드에서 일하는 것보다 훨씬 더 흥미로웠다. 툭하면 박물관과 갤러리를 방문하고 클래식음악 연주회에도 갔다. 또 그녀는 젊은이들과 불장난 같은 연애도 몇 번 했다. 이런 것이 그녀의 사회생활에 활력을 불어넣어 주었다. 게다가 이런 유희는 이점도 많았다.

"당시 남자와 여자가 데이트를 하면 데이트 비용은 남자가 부담하는 것이 관례였어요. 여자에게 더치페이를 요구하는 남자들은 끔찍하게 여겼으니까요. 그래서 저녁에 데이트가 있는 날이면 점심까지 거른 적도 있었어요." 그녀가 말했다.

제인이 런던 생활을 즐기는 동안 아프리카로 가는 꿈은 점점 더 멀어지고 있었다. 제인은 스코필드 영화사와 같은 곳에서 일하는 것이 자신의 꿈을 이루는데 조금도 도움이 되지 않으리라는 것을 잘 알고 있었기에 늘 걱정이었다. 그런데 아프리카로 가는 문은 전혀 예상치 못한 곳에서 열렸다.

어느 날 고등학교 동창인 클로에게서 편지가 날아왔다. 편지에는 우표가 두 개 붙어 있었는데, 하나는 코끼리 그림이고 다른 하나는 기린이었다. 즉시 제인은 아프리카에서 온 편지임을 알아차렸다. 클로는 편지에 부모님이 케냐에 농장을 하나 샀으니 놀러 오라고 적었다. 제인은 당장에라도 직장을 때려치우고 케냐로 날아가고 싶었지만 어머니는 신중에 신중을 기하라고 당부했다.

1956년 5월에 제인은 정식으로 클로에게서 아프리카로 오라는 초청을 받았으나, 무턱대고 달려갈 수는 없었다. 무엇보다 왕복 뱃삯 670달러가 없었다. 제인은 이제 스코필드 영화사를 그만두어야 할 때가 왔음을 직감했다. 그곳의 일은 재미있었지만 급여가 너무 적었다. 과감하게 영화사를 그만둔 제인은 집으로 돌아와 새로운 일자리를 찾았다. 어머니와 함께 사니 생활비가 들지 않을 것이고 버는 돈은 모두 아프리카에

갈 자금으로 저금할 수 있을 것이다.

제인은 집 근처 고풍스러운 호텔 식당에서 웨이트리스 일자리를 구했다. 처음에는 쉬운 일이겠거니 하고 얕잡아 보았지만 식사와 차를 서빙했는데 익혀야 할 기술이 한두 가지가 아니었다. 한 손에는 접시를 든 채로 다른 손으로는 스푼이나 포크를 사용해 고기와 채소를 능숙하게 접시에 올리는 법 등을 배워야 했다. 그녀는 2주에 하루씩만 쉬면서 바쁘게 일했다. 그러는 와중에 제인은 전문 웨이트리스가 되어 갔고 한꺼번에 쟁반을 받치지 않고도 접시를 열세 개나 나를 수 있는 실력까지 갖췄다.

제인은 번 돈을 응접실 카펫 밑에 모아 두었다. 호텔 식당에서 일한 지 다섯 달이 지나자 제인은 가족을 응접실에 모아 놓고 이제껏 모은 돈을 꺼내어 세는 의식을 거행했다. 모은 돈은 아프리카에 갈 자금으로 충분했다.

"드디어 아프리카에 갈 수 있어요. 이제부터 내 인생은 완전히 변할 거예요." 제인은 당시를 이렇게 기억했다.

제인이 인형 원숭이와 포즈를 취하고 있다. (1962년)

2
둘리틀
박사처럼

1957년 3월 13일 수요일, 스물두 살의 제인은 그녀를 아프리카로 데려다 줄 '케냐 캐슬' 호에 승선했다. 케냐에 도착하기까지 3주 정도 걸릴 예정이다. 제인은 선실을 다른 네 사람과 함께 썼는데 그중 한 사람은 그녀를 촌스럽고 구식이라고 달가워하지 않았지만 다른 사람들과는 그런대로 친하게 지냈다.

파도가 심해 승객들 대부분이 메스꺼움을 호소하며 객실에 머무를 때도 제인은 뱃멀미를 하지 않았다. 덕분에 갑판에 나가 바다를 바라보면서 이따금 돌고래와 상어, 날치를 목격하는 행운을 누렸다.

배는 적도를 지나 남쪽으로 향하다가 아프리카 서부 해안으로 내려와서 희망봉 주위를 돌아 마침내 케냐에 도착했다.

배를 타고 가는 동안 제인은 가족에게 편지를 썼다.

"아직도 내가 아프리카로 가고 있다는 게 믿기지 않아요. 아프리카 말이에요. 길고 긴 항해는 그래도 현실로 느껴지는데 몸바사, 나이로비, 사우스 키낭곱, 나쿠루 등과 같은 아프리카 도시를 들른다는 건 정말로 실감이 나지 않아요. 이런 일이 현실이 되다니요."

4월 2일, 마침내 배는 케냐의 몸바사에 정박했다. 부푼 꿈을 안고 배에서 내린 제인은 다시 기차를 타고 이틀을 더 달려 다음날인 4월 3일 느지막이 나이로비에 도착했다. 클로와 그녀의 가족이 기차역에 마중 나와 있었다. 그날은 마침 제인의 스물세 번째 생일이었다.

서로 반갑게 인사를 나누고 그들은 차에 올라 키낭곱에 있는 농장으로 향했다. 먼지가 뿌옇게 날리는 비포장도로에서 그녀는 놀라운 광경을 목격했다.

책에서만 보아왔던 기린이 바로 눈앞에 있는 것이 아닌가. 제인은 비포장도로 한가운데를 천천히 우아하게 달리는 기린을 넋 놓고 바라보았다. 기린은 아카시아를 씹고 있었는데 긴 혀는 거의 검은 색에 가까웠다. 기린은 마치 슬로모션으로 달리는 것 같았다. 꿈만 같지 않은가. 한참을 달리던 자동차가 갑자기 브레이크를 밟았다. 길을 배회하는 땅돼지를 피하기 위해서였다. 진짜로 아프리카에 온 것이 실감 나기 시작했다. 그녀가 늘 꿈꾸던 아프리카, 둘리틀 박사와 타잔의 아프리카에 드디어 도착한 것이다.

아프리카에 온 지 몇 주가 지나자 제인은 아프리카의 새소리나 표범과 같은 동물들 발걸음 소리에 익숙해졌다.

"모든 게 새롭고 아름다워. 난 무척 흥분돼." 제인이 말했다.

아무튼 아프리카에 머무는 내내 클로에게 신세를 질 수는 없었다. 그래서 영국을 떠나기 전에 미리 나이로비에 지사를 둔 회사에 비서 일자리를 구해 놓았다. 클로와 몇 주를 보낸 후 제인은 일하러 나이로비로 갔다.

하는 일은 지겹고 따분했지만 그 일은 경제적으로 자립할 수 있게 해주었다. 제인은 차근차근 동물들과 함께 일할 수 있는 일을 찾아볼 계획이었다.

"진심으로 동물에 대해서 배우고 싶다면 루이스 라키 박사를 만나 보세요." 어느 날 밤 디너파티에서 누군가가 제인에게 말해 주었다.

루이스 박사는 나이로비 코리든 박물관 소속의 유명한 인류학자 겸 고생물학자였다. 그는 아프리카 사람들과 동물들에 대해 방대한 지식을 가지고 있었다. 선교사였던 그의 아버지는 아들을 태어나면서부터 아프리카의 키쿠유 부족 틈에서

자라나게 했고 박사는 백인 누구보다도 아프리카를 잘 이해
했다. 당시 박사는 아프리카 동물들의 기원과 그들의 행동양
식을 연구하는 여러 프로젝트에 관여하고 있었다.

1957년 5월 24일, 제인은 루이스 박사를 만났다. 박물관에
도착하자 루이스 박사는 그녀를 데리고 박물관을 구경시켜 주
며 전시품과 관련된 수많은 질문을 던졌다. 아프리카와 관련된
책을 많이 읽은 제인은 그의 질문에 정확하게 답했다.

"박사님은 제가 어릴 때부터 지녀온 열정과 동물에 대한 애
정, 아프리카까지 오게 된 결단력을 높이 평가했어요." 그녀가
회상하며 말했다.

루이스 박사는 백발에 흰 콧수염이 있었고, 늘 같은 카키색
양복을 입고 있었는데 단추가 거의 떨어져 나간 주머니에는
항상 무언가로 가득 차 있었다. 담배를 즐기면서도 목욕을 자
주 하지 않아 몸에서 냄새가 나긴 했지만 일에는 열정이 넘쳤
고 지식은 방대하기 그지없었다.

루이스 박사의 비서가 바로 얼마 전에 그만두었기 때문에
박사는 제인에게 비서 자리를 제안하며 9월부터 일을 시작하
라고 했다. 이 얼마나 운이 좋은가. 박물관에서 직접 동아프
리카 동물들에 대해 공부할 완벽한 기회가 아닌가. 또 루이스
에게서 많은 것을 배울 수 있으리라는 기대에 제인은 그 자리
에서 고개를 끄덕였다.

"코리든 박물관은 완전한 아프리카 삶의 파노라마였어요. 이 모든 걸 접한다는 건 내게 축전이나 마찬가지였죠. 물론 그중에는 생명력을 잃어 쓸모없는 것들도 있었어요. 그런 건 별로 좋지 않았죠." 훗날에 제인이 말했다.

제인은 박물관에서 일하는 것이 아프리카 동물들과 일하려는 자신의 목표를 향한 첫걸음이라고 여겼다.

매년 여름이면 루이스와 그의 아내 메리는 세렝게티 평원의 올두바이 협곡으로 연구 활동을 나갔다. 그들은 화석을 찾아 나섰는데 특히 인류의 조상을 찾는 것이 목적이었다. 루이스 박사 부부는 여름마다 서너 달 동안 화석을 찾으러 올두바이 협곡으로 갔다.

8월에 루이스는 제인에게 탐험을 함께하자고 제안했다. 루이스의 아내 메리는 박물관에서 일하는 또 다른 영국 여성 질리언과 동행하는 조건으로 동의했다. 사실 루이스는 여자를 밝히는 사람으로 알려져 있었고, 메리는 남편이 젊고 아름다운 제인에게 관심이 있는 것이 아닌가 하는 의심의 눈초리를 보내고 있는 차였다. 이런 분위기를 전혀 눈치채지 못한 제인은 그저 한없이 부풀어 있었다.

올두바이 협곡은 여러 개의 소계곡이 붙어 있는 길이 약 48킬로미터 깊이 90미터의 가파른 협곡으로 현재 탄자니아 세렝게티 평원 동쪽에 있다. 1957년 당시 세렝게티는 잘 알려지지 않은 지역이었다. 게다가 올두바이 협곡은 꽤 동떨어진 곳이라 제대로 된 길조차 나 있지 않았다. 협곡에 도착하려면 탐사자들은 야생동물들의 매서운 눈초리에 맞서며 튼튼한 자동차를 타고 거칠고 풀이 우거진 지역을 지나야 했다.

아프리카에서 자란 루이스는 케임브리지대학 시절부터 올두바이 화석에 흥미를 느꼈다. 당시 그는 20년째 그곳에서 발굴 작업을 해오고 있었다.

올두바이 탐험은 제인에게 생소하고 낯선 경험이었다. 음식과 마실 것을 모두 가져가야 했기에 루이스는 제인이 먹지 못하거나 특히 싫어하는 음식이 있는지를 점검했다. 그곳은 물이 부족한 곳이었다. 탐험에 참여한 사람들에게는 매일 각자 작은 물 한 동이가 배급되었는데 그것으로 씻는 것까지 해결해야만 했다. 목욕은 일주일에 한 번으로 제한되었다.

"어린 시절의 꿈, 둘리틀 박사처럼 아프리카 야생을 진짜로 탐험하는 것이다." 제인이 기록했다.

다른 것은 크게 문제가 되지 않았지만 제인은 머리 상태가 좀 신경이 쓰였다. 긴 머리카락은 제대로 감지 못하면 금방 더러워지고 기름기가 흐르게 될 테니 짧게 자를까도 고민해 보았지만 머리가 얼굴에 너무 딱 달라붙을까 봐 걱정이었다.

고심 끝에 제인은 머리를 질끈 묶어 버렸다. 이후 포니테일(머리카락을 머리 뒷부분 높은 위치에서 하나로 묶는 스타일) 스타일은 야생에서 생활하는 제인의 트레이드마크가 되었다.

7월 15일, 제인과 질리언은 짐을 가득 실은 랜드로버 지프 꼭대기에 올라타서 1년 전 루이스 부부가 남긴 희미한 자동차 바퀴 자국을 좇아 길을 찾았다. 해질 무렵이 되어서야 올두바이 협곡에 도착한 그들은 잎이 무성한 아카시아 그늘에 서둘러 텐트를 치고서 가벼운 저녁 식사를 했다.

올두바이에 머무르는 동안 제인은 '딕 딕스'라는 그랜트가젤의 소규모 영양 무리와 우연히 마주쳤다. 더러는 기린떼를 만나기도 하고 검은 코뿔소와 정면으로 맞닥뜨린 적도 있다. 근시안인 이 거대한 짐승은 그녀의 존재를 감지하고 콧김을 내뿜으며 앞발로 맨바닥을 마구 긁어대더니 몸을 돌려 뛰어가 버렸다. 또 한번은 갑자기 뭔가 섬뜩한 시선을 느끼며 돌아섰는데 어린 사자가 10여 미터 앞에서 제인과 질리언을 응시하고 있었다. 놈은 부드럽게 으르렁거리면서 더는 가까이 오지 말라는 경고를 보냈다. 두 여성은 사자의 경고를 받아들여 침착하게 그곳을 벗어났다. 저녁이 되어 야영 텐트에 누워 있으면 멀리서 사자의 으르렁거리는 소리, 낄낄거리는 소리, 하이에나의 구슬픈 울음소리 등이 들려왔다. 제인은 이토록 행복한 적이 없었다.

"그곳은 야생 그대로인, 사람 손이 닿지 않은 아프리카였어요. 어린 시절에 꿈꾸었던 동물들이 모두 있었다고요. 마치 매일 아침 꿈속에서 깨어나는 느낌이었다고나 할까요. 자유로운 야생동물들, 이건 내가 일생 꿈 꿔온 것이었어요." 제인이 말했다.

협곡에서 제인은 대부분 뙤약볕 아래에서 화석을 찾기 위해 땅을 파는 일을 했다. 그 일은 무척 고되었다. 그녀는 메리와 케냐 노동자들과 순서에 따라 땅을 팠다. 노동자들이 곡괭이와 삽으로 표면의 흙을 치운 후 화석이 있는 지층까지 파 내려가면 다음으로 메리가 나섰다. 중요한 화석이 곡괭이에 손상을 입을 것을 우려해 메리가 직접 작업을 해야 했던 것이다. 제인도 이 일에 합류했고 단조로운 일은 몇 시간씩 반복되었다. 화석층이 있는 곳에 가까이 이르면 두 여성은 사냥용 칼을 사용해서 뭔가 흥미로운 것이 나올 때까지 단단한 토양을 긁어냈다. 두 여성은 화석을 보호하려고 치과용 도구를 사용했다. 이런 식으로 그들은 매일 여덟 시간씩 일을 했다. 오전 열한 시에 잠깐 커피를 마실 시간과 태양이 내리쬐는 한낮세 시간 동안은 일손을 놓았다.

루이스와 메리는 인류의 조상이라는 증거가 될 만한 화석을 찾고 싶었다. 하지만 그 일은 따분하리만치 서서히 진행되었고 더러는 하루 종일 고생하며 채취한 화석이 평범한 쥐 뼈로 판명이 나기 다반사였다.

"이곳에서의 목표는 도구를 만들어 썼던 인간을 찾는 일이에요. 원시적인 석기 도구를 사용하고 손도끼를 사용한 사람들의 화석을 찾고 있어요. 그저께는 굉장히 흥분되는 일이 있었어요. 내가 그 시절 인간의 치아를 찾아낸 것 같아요. 아직 확실하진 않아요. 어쩌면 개코원숭이의 것일지도 몰라요……루이스 박사님은 마음씨도 좋으시고 진정으로 숭배할 만한 분이죠…… 마구 헝클어진 백발에 이마는 벗겨졌지만 두 눈은 초롱초롱 빛난답니다. 마치 개구쟁이 소년처럼 세상의 모든 것에 호기심을 느낀답니다." 제인은 가족에게 편지를 썼다.

올두바이에서 몇 주를 보내면서 제인은 많이 성장했다. 특히 그녀는 루이스와 더불어 침팬지와 고릴라, 오랑우탄과 같은 유인원에 관해 오랫동안 얘기를 나누었다.

박사는 올두바이 서쪽으로 약 1,000킬로미터 떨어진 곳에서 다양한 침팬지가 관찰되었다고 했다. 탕가니카 호수 북부 해안에 있는 키고마라는 항구 도시에서 가까운 곳이었다. 그는 침팬지들의 행동을 체계적으로 연구하고 싶다는 뜻을 내비쳤다. 루이스 박사는 인간과 비교적 가까운 그들의 생활양식을 연구하다 보면 석기시대 우리 선조의 삶을 더 잘 이해할 수 있을 거라고 믿었다.

루이스가 하려는 프로젝트는 단순한 것이 아니었다. 이제 껏 침팬지에 대해 과학적 연구가 이루어진 적이 거의 없었기 때문에 참고할 만한 지침서는 전무한 상태나 마찬가지였다. 게다가 연구원은 거칠고 위험한 야생동물들 사이에서 살아야 만 했다. 함께 토론하면서도 제인은 루이스가 이토록 어려운 임무를 누구에게 맡길 것인지 짐작조차 하지 못했다.

침팬지 연구에 대한 대화는 올두바이 협곡 탐사를 하면서 여름이 거의 끝나갈 무렵 거론되었다. 9월이 되어 올두바이 탐사대는 다시 나이로비로 돌아왔다. 나이로비로 돌아온 제 인은 어미를 잃은 동물들을 데려다 키우며 애정을 주기 시작 했다.

제인의 첫 식구는 아주 작은 갈라고원숭이 레비였다. 갈라 고원숭이는 다람쥐 같이 생겼으며 원숭이와는 친척관계이다. 제인은 박물관의 루이스 사무실에 출근할 때 레비도 함께 데 려갔다. 사무실에서 레비는 주로 커다란 조롱박 안에서 새근 새근 잠을 자다가 낯선 소리가 들리면 슬그머니 깨어나 조롱 박에서 뛰어올라 방문객의 어깨에 올라탔다. 그러니 루이스 를 찾아오는 수많은 방문객은 기절초풍할 노릇이었다. 심장마비에 걸릴 뻔한 남자도 있었지만 루이스는 괘념치 않았다. 그는 아프리카에 사는 사람이면 어떠한 것도 감당할 준비가 되어 있어야 한다고 말했다. 밤이 되면 레비는 곤충을 잡아먹었다.

레비에 이어 긴꼬리원숭이 코비가 제인의 두 번째 식구로 합류했다. 그 뒤를 이어 난쟁이몽구스 킵이 식구가 되었다. 이번에는 코비와 킵에게 아내가 생겼다. 코비의 아내는 레터스였고, 킵의 아내는 미시즈 킵이였다. 그다음으로 고슴도치와 쥐도 들어오고 강아지도 두 마리 선물로 받았는데, 코커스패니얼 종인 티나와 스피링어스패니얼 종인 호보였다. 마지막으로 샴 고양이 냉키 푸와 덩치가 큰 갈라고원숭이 부지도 있었다.

동물들은 한번 길들고 나면 다시 야생으로 돌아가기 어려워진다. 제인이 키우던 동물 중 두 마리만 야생으로 돌아갔다. 고슴도치는 다 자란 후 풀어주자 즉시 떠나버렸고 킵의 아내도 떠나갔다. 하지만 킵은 떠나려고 하지 않았다. 킵은 키우던 동물 중 제인과 가장 오랜 시간을 함께 지낸 동물로 제인과 함께 영국으로 돌아와 집과 정원에서 뛰놀며 몇 년간 번머스에서 살았다.

이렇게 집안에 애완동물이 가득 차 있는데도 제인은 여전히 다른 동물들 생각에 골몰했다. 루이스가 말한 침팬지 프로

젝트가 머리에서 빙빙 돌며 떠나지 않아 제인은 연애에도 집
중할 수가 없었다.

　1957년 여름, 제인은 응고롱고로 지대 캠프 매니저의 아들
인 브라이언 헤르네를 만났다. 브라이언은 사냥 온 방문객들
을 대상으로 가이드 역할을 했다. 두 사람이 처음 만났을 때
브라이언은 자동차 사고 부상에서 회복하는 중이었다. 다리
에 상처를 입어 허리부터 발가락까지 깁스를 한 상태였던 그
는 매우 적극적으로 제인에게 다가왔다.

　"그를 만나다 보니…… 제가 이곳 아프리카에서 만난 사람
중에서 가장 좋은 사람이라는 걸 깨달았어요…… 브라이언은
이제 열흘 후면 나이로비를 떠나요. 한 3주 정도 이곳에 머물
렀거든요." 제인은 가족에게 편지를 썼다.

　훗날 제인은 브라이언이 첫 사랑이었다고 고백했다. 비록
한순간의 폭풍우였지만 흥미로웠다고 했다. 어머니인 반느도
브라이언을 만나게 되는데, 멜로드라마에 나오는 주인공 분
위기인 그가 무척 매력적이라고 느꼈다.

　제인에게는 브라이언 말고도 껄끄러운 문제가 생겼다.
1957년 말, 스승인 루이스와의 관계가 좀 거북해졌다. 루이스
는 그녀와의 로맨스를 원했다. 어느 날 루이스는 제인에게 차
보국립공원 근처로 야영을 가자고 꾀어대기도 했다. 또 한번

은 제인이 집에서 쉬고 있는데 갑자기 문을 두드리는 시끄러운 소리가 들려왔다. 문을 열어봤더니 빨간 장미 한 송이를 든 루이스의 손이 불쑥 들어오는 것이 아닌가.

"박사님은 꽃으로 마음을 표현했어요. 이곳의 제 상황은 점점 묘해지고 있다니까요. 연세가 높은 루이스 박사님은 유치하기 짝이 없는데다 점점 불가능한 일만 제안하고 있어요. 저는 그런 방식으로 그분과 연관되고 싶지 않아요." 제인은 어머니와 외할머니에게 편지를 썼다.

제인의 사랑을 얻으려고 다투는 남자가 비단 루이스뿐만은 아니었다. 제인은 젊고 예쁜데다 성격도 밝아 남자들에게 인기가 많았다. 제인은 이런 상황을 나름 즐기며 짐짓 이 남자 저 남자 사귀는 척했다. 그러자 그녀에게 홀딱 반한 남자들이 결국 항복하며 떨어져 나갔다. 그러나 루이스만은 좀 다른 상황이었다. 제인은 그를 매일 보았고 그와 가까이에서 일했다. 하지만 둘의 관계를 직업적으로만 유지하고 싶은 자신의 열망을 루이스가 존중해 주리라 믿었다. 그래도 만약 주위 사람들, 특히 그의 아내가 루이스의 감정을 눈치채지나 않을까 걱정이었다. 그렇다고 직장을 그만둘 수는 없었다. 박물관 일은 즐거웠고 아직 루이스에게 배울 것이 많았다. 제인은 조심하며 부적절한 행동을 하지 말아야겠다고 다짐했다.

박물관에서 일한 지 아홉 달 쯤 지나 이제 아프리카에서의 생활도 안정을 찾아갈 즈음 제인은 어머니에게 놀랄만한 선물을 해드리고 싶었다. 어머니를 케냐로 초대할 계획을 세웠던 것이다. 제인은 이제껏 모은 돈으로 어머니를 위해 비행기 표를 살 수 있었다.

"엄마는 날 위해서 모든 걸 해주셨어요. 이제는 나도 엄마를 위해 뭔가를 하고 싶어요." 제인은 어머니에게 편지를 썼다.

1958년 9월 2일, 어머니는 비행기를 타고 나이로비에 도착했다. 반느는 석 달간 딸아이와 함께했다.

반느는 제인의 아파트에서 함께 지냈다. 그녀는 아프리카가 마음에 들었고 제인은 어머니가 곁에 있어서 행복했다.

루이스는 반느에게 아프리카의 경이로운 자연을 보여주겠다고 했다. 여정에는 올두바이 협곡도 포함되어 있었다. 게다가 반느와 제인이 박사의 탐험용 배 '마이오세 레이디'를 타고 세계에서 두 번째로 큰 빅토리아 호수를 일주일간 항해할 수 있도록 배려해 주기까지 했다. 제인과 반느는 빅토리아 호수에 있는 룰루이 섬을 하루 종일 탐험했다. 섬은 원숭이와 야생동물들로 가득 차 있었다.

모녀는 제인의 미래에 대해 많은 이야기를 나누었다. 반느는 자연 속에서 동물을 연구하고 싶어하는 제인의 꿈을 변함없이 지지했다. 하지만 루이스의 조수로 일하는 한 제인이 원하는 기회를 얻기란 쉬운 일이 아니었다. 아프리카에서 동물들을 연구할 직업을 찾는 건 불확실한 일이었다.

 루이스는 제인에게 침팬지를 연구하는 주제를 끊임없이 거론했다. 제인은 루이스가 자신이 그토록 열망하는 일을 설명하는 동안 묵묵히 듣고만 있었다. 그 심정은 참으로 고통스러웠다. 제인은 아무런 과학 훈련도 받은 적이 없고 학위나 경험도 전혀 없었기 때문에 이 같은 연구를 탐내는 건 욕심이라고 생각했다. 하지만 그녀는 그 일이 몹시 하고 싶었다.

 그러던 어느 날 제인은 엉겁결에 자신의 심정을 불쑥 내뱉었다. 그러자 루이스의 반응은 놀라웠다.

 "자네가 그 말을 해주기를 이제껏 기다렸네. 도대체 왜 내가 자네에게 침팬지 연구 일에 대해서 그토록 자주 거론했다고 생각하나?"

 제인은 루이스가 침팬지 연구의 후보로 자신을 생각했다는 것을 알고는 말문이 막혔다. 그녀는 학위도 없을뿐더러 이 분야의 공식적인 어떠한 교육도 받지 못한 사람이었다. 게다가 제인은 1957년에 살고 있는 여성이었다. 여자 혼자 숲 속에서 생활한다는 건 상상도 할 수 없는 일이었다. 그러나 루이스는 제인이 공식적인 자격이 없는 것 따위엔 신경 쓰지 않았다. 오히려 그는 편견 없이 열린 마음으로 프로젝트에 임할 연구원으로 제인이 적격이라고 여겼다. 루이스는 인내심을 가지고 동물을 사랑하며 돌볼 사람이 필요했다. 프로젝트에 참여하려면 아주 오랫동안, 어쩌면 몇년씩 문명과 떨어져 살아야만 할지도 모를 일이었기 때문이다.

"박사님이 그런 말을 할 때 '내가 바로 완벽한 적임자가 아닌가!'라고 생각했어요." 훗날 제인이 회상했다.

제인은 당장 숲으로 가서 연구를 시작하라는 명령이 떨어지기를 학수고대했으나 몇 가지 극복해야 할 장애가 있었다. 루이스는 탕가니카(잔지바르와 통합 후 지금의 탄자니아가 됨)로부터 행정적인 승인을 받아야 했고 연구 기금을 모을 방법도 찾아야 했다. 그는 이미 제인이 곰베스트림 침팬지 보호구역에서 침팬지 연구를 할 수 있도록 정부의 승인을 받아 놓은 상태였다.

하지만 제인은 혼자 갈 수 없었다. 프로젝트에는 공식적으로 두 명이 필요했다. 정부 관리가 여성 혼자서 위험천만한 곳에 갈 수 없다며 함께 일할 조수를 한 명 추가하라고 요구했기 때문이다.

루이스는 반느에게 이런 고민을 털어놓았다. 그러자 반느는 딸의 꿈을 함께할 기회를 얼른 낚아챘다. 그녀는 그 자리에서 이번 연구에 자원하겠다고 나섰다. 나중에 반느는 그 일을 하기 위해서 어떤 자격을 갖추어야 하는지도 전혀 몰랐다고 털어놓았다.

안타깝게도 루이스는 당장 재정적인 지원을 해줄 곳을 찾지 못했다. 게다가 기금을 마련하는데 얼마나 걸릴지, 침팬지 프로젝트를 지원해 줄 사람을 찾을 수 있는지조차 가늠하기 어려운 상황이었다. 기금이 마련될 때까지 두 여성이 아프리카에서 할 수 있는 일은 아무것도 없었다. 그래서 제인과 반느는 잠시 영국으로 돌아가기로 했다. 기금이 마련되기를 기다리는 동안 제인은 영국에서 동물학을 공부할 계획이었다.

제인은 아프리카로 다시 돌아와서 일한다고 해도 나이로비와 코린든 박물관(현재 케냐국립박물관)은 아닐 것임을 알고 있었다. 브라이언과의 관계를 어떻게 해야 할지도 결정해야만 했다. 두 사람의 관계에서 '사냥꾼' 이라는 그의 직업은 문제가 되었다.

"사냥꾼인 그는 많은 동물을 죽였어요. 내가 아프리카에서 배우고 싶고 함께 살려고 하는 동물들을요. 젊은 시절에 나는 단순하게도 내가 그를 변하게 할 수 있다고 여겼어요. 하지만 그럴 수 없었죠." 제인이 말했다.

그래도 제인은 당장 헤어져야 한다는 생각은 하지 않았다.

그들은 잠시 헤어지기로 합의했고 제인은 이별이 일시적이기
를 희망하면서 아프리카를 떠났다.

3
룰루이 섬 탐험

1959년 1월, 제인은 다시 런던의 아버지 아파트로 갔다. 런던의 길드홀음악연극학교에 다니는 동생인 주디도 함께 살았다. 제인은 이미 시중에 나와 있는 동물 연구서들을 낱낱이 조사하고 읽어 침팬지 연구를 대비하기 시작했다.

생계를 유지할 일자리가 필요했던 제인은 런던동물원에 있는 그라나다 텔레비전 영상자료실에서 일했다. 제인이 아프리카에서 데려온 킵과 부지를 데리고 출근했기 때문에 같이 일하는 동료들은 그녀를 상당히 인상적으로 기억했다. 나중에 제인의 애완동물인 킵과 부지는 동물원에서 제작한 영화에도 출연하게 되었다.

제인이 런던에서 지내는 몇 달 동안 루이스는 침팬지 연구를 위한 세부사항을 준비 중이었다. 그는 프로젝트에 자금을 지원해줄 공급자를 손쉽게 찾을 수 없었다. 그래서 미국인 부자 친구 레이튼 윌키에게 손을 내밀었다. 그는 자선단체인 윌키브러더스 재단을 창시한 인물로 이미 루이스의 올두바이 탐사 프로젝트에 일부 자금을 대고 있었다. 루이스는 윌키에게 새로운 프로젝트를 진행할 보조금을 지원해 달라고 제안하며, 제인 구달이라는 여성이 연구원으로 선택되었다고 알려 주었다. 그는 제인을 케냐에 있는 자신의 연구원 중 한 사람이라고만 설명했을 뿐 자신의 비서였다는 이력은 생략했다. 또 제인은 보조금이 준비될 때까지 런던에서 연구 활동 중이라고 말했다.

윌키는 열광적인 반응을 보이며 루이스에게 연구기금으로 3,000달러를 제공했다.

1959년 12월에 미국에서 케냐로 돌아오는 길에 잠시 런던에 들른 루이스는 제인에게 보조금이 마련되어 조만간 침팬지 프로젝트를 실행할 수 있을 거라는 소식을 전했다. 하지만 제인은 언제쯤 연구를 시작해야 하는지 아직 명확하게 가닥을 잡을 수가 없었다. 그녀의 런던 생활은 바쁜 나날의 연속이었지만 꽤 잘 지내는 편이었다.

그해 가을 스물다섯 살이 된 제인은 자신보다 한 살 연상의 로버트 영이라는 청년을 만났다. 제인은 그를 '밥'이라고 불렀다.

현장 유니폼을 입은 제인

두 사람은 즉시 서로에게 빠져들었고 곧 연인으로 발전했다.

제인은 야망이 컸고 삶에서 무엇을 해야 하는지 잘 알고 있었다. 밥은 그런 제인을 존중했다. 1960년 초, 그들이 만난 지 몇 달이 지나자 밥은 제인의 아버지에게 딸과 결혼하고 싶다는 뜻을 전했다. 제인의 아버지는 딸아이가 둘인데 어느 딸을 말하는 거냐며 밥을 골려 먹었다. 처음 만난 자리에서도 아버지와 밥은 유쾌한 대화를 즐겼다.

제인과 밥은 공식적인 연인사이로 발전했지만 제인은 아프리카로 돌아가려는 자신의 계획과 배우라는 밥의 직업이 어떻게 조화를 이룰 수 있을 지가 걱정이었다. 하지만 제인은 아프리카로 가서 몇 달간 침팬지를 연구한 다음, 다시 영국으로 돌아오기로 마음을 정했다. 밥은 제인이 아프리카로 가기 전에 결혼식을 올리고 싶어했지만 제인은 그렇지 않았다. "우선 내가 아프리카 없이도 살 수 있는지 없는지를 알아보아야만 한다"라고 1960년 3월에 적었듯 제인에겐 결혼에 대한 확신이 아직 없었다.

1960년 5월 13일, 제인과 밥의 약혼식이 〈데일리 텔리그램 앤 모닝포스트〉에 소개되었다. 그렇지만 두 연인은 약혼을 즐길 시간적 여유를 갖지 못했다.

루이스는 5월 31일에 드디어 연구를 위한 준비를 마무리 지었고 그 즉시 제인과 반느는 나이로비로 향해야 했다. 제인과 밥은 울며불며 아주 잠시 동안 헤어지는 것뿐이라고 스스로를 위로했다.

그런데 나이로비에 도착한 다음 날 좋지 않은 소식이 날아왔다. 일정이 다소 연기되었다는 것이었다. 침팬지 보호구역 주변에서 야영을 하던 어부들 사이에서 어업권 분쟁이 일어나 그곳이 안전하지 않다는 내용이었다. 제인은 실망감을 감추지 못했다.

"다행히도 루이스 박사님이 즉시 마음을 진정시켜 주는 제안을 해주셨어요. 빅토리아 호수에 있는 섬에서 단기간 동안 베르베트 원숭이를 연구해 보라고요." 제인이 말했다.

그래서 분쟁이 끝나기를 마냥 기다리는 대신 1960년 6월 11일에 제인과 반느는 롤루이 섬으로 들어갔다. 그곳은 지난번 반느가 아프리카를 처음으로 방문했을 때 여행한 곳이었다. 베르베트 원숭이 연구는 침팬지 연구를 위한 시범운행 격이었다.

섬에 도착하자마자 제인은 현장에서 원숭이들을 관찰한 것을 기록하기 시작했다. 당시에는 제인이 참고할 만한 서적이 전혀 없었기에 기록 자체는 제인이 동물 연구 과정을 익히는 방식이었다. 주로 본능에 기초한 그녀의 원숭이 연구법은 이

후 제인이 침팬지를 연구하는 데 지침서가 되었다. 제인은 약탈자나 사냥꾼처럼 동물들에게 몰래 접근하는 대신에 어린 시절 할머니 농장에서 암탉이 어떻게 알을 낳는지를 알고 싶어서 사용했던 방법을 썼다. 제인은 조심스레 원숭이들에게 다가갔다. 처음에는 원숭이들과의 거리를 유지하면서 다가가다가 점점 그들이 제인에게 신경 쓰지 않게 되자 아주 가까이까지 접근했다.

룰루이 섬에서 지내는 동안 제인은 새벽 5시 45분경에 일어났다. 원숭이들이 아침에 눈을 떴을 때 자신이 원래부터 그곳에 있는 존재라는 걸 인식시켜 줘야겠다는 생각에 제인은 그들처럼 아무거나 주워 먹었다. 제인은 풀숲에 가만히 앉아서 원숭이들이 활동하기를 기다렸다.

제인은 아침 아홉 시경까지 그곳에 머물러 있다가 배로 돌아와서 반느와 아침을 먹었다. 그러고 나서 모녀는 다시 섬으로 돌아갔다. 제인은 조용히 앉아서 지속적으로 원숭이들을 관찰했고 반느는 섬을 돌아다니며 곤충과 식물을 채집 하느라고 분주히 움직였다.

원숭이들을 관찰하는 시간이 점점 늘어 그들이 잠을 자러 은신처로 돌아가는 저녁 무렵까지 계속해서 관찰했다. 반면 반느는 오후가 되면 배로 돌아가 딸아이와 먹을 저녁을 준비했다. 해가 저물어 제인이 더는 원숭이들을 관찰할 수 없을 때가 되어서야 비로소 두 사람은 저녁을 먹었다.

매일 밤 정확히 아홉 시에 제인은 라디오 뉴스를 들었다. 루이스는 침팬지 프로젝트를 수행하러 제인과 반느가 다시 나이로비로 돌아와야 할 경우 아홉 시 뉴스를 통해서 메시지를 전달하겠다고 했기 때문이다. 라디오는 루이스와 제인을 연결해주는 유일한 방법이었다.

하루하루 제인은 앉아서 거의 미동도 하지 않으며 원숭이들을 기다리다가 그들이 나타나면 숨죽이며 관찰했다.

"야생동물이 나를 해할 거라는 두려움은 거의 없었어요. 원숭이들도 내가 아무런 해가 안 될 거라는 사실을 감지하고 날 가만히 내버려 둘 거라고 믿었죠." 제인이 회상했다.

반느는 딸아이가 작업에 전적으로 몰두하며 어느 때보다 행복해하는 모습을 보니 몹시 흐뭇했다. 제인은 원숭이들의 행동양식 하나하나를 모두 기록했다. 개체들 사이에서 보이는 독특한 행동과 특징, 개성 등을 하나도 빠짐없이 기록했다. 어느 정도 원숭이들을 개별적으로 구분할 수 있게 되자 제인은 각각 이름을 부여해 관찰노트에 적었는데 당시로서는 몹시 이색적인 접근법이었다. 이제껏 동물을 의인화한 과학자는 없었다. 과학 훈련을 받은 적이 없었던 제인은 자신이 남들과 다른 방식으로 일하고 있다는 것조차 깨닫지 못했다.

섬에는 도처에 위험이 도사리고 있었다. 하루는 섬 이곳저 곳을 돌아다니다가 하마들이 만들어 놓은 덤불 터널에서 허 리 감개만 두른 아프리카 악어 밀렵꾼을 만난 적도 있었다. 그는 제인을 향해 창끝을 겨누며 찌를 듯이 쏘아보았다. 하지 만 곧 제인이 위험한 존재가 아니라는 것을 인식하고는 하루 빨리 그곳을 떠나라고 고함을 지르며 사라졌다. 배의 선장 하 산의 도움으로 제인은 그들의 캠프 근처에는 얼씬도 하지 않 겠다는 약속을 하고 일정 지역에서만 연구를 계속했다.

6월 25일, 마침내 루이스의 사파리 메시지가 왔고 제인과 반느는 6월 29일에 룰루이 섬을 떠났다. 루이스를 만난 제인 은 베르베트 원숭이 연구에 대한 보고서를 내밀었다. 루이스 는 보고서를 읽고 크게 한숨을 쉬었으나 결국에는 제인의 연 구에 만족해하는 것처럼 보였다.

7월 5일 화요일, 랜드로버 지프에 텐트와 의자, 모기장, 음 식 박스, 생수, 그리고 가방을 싣고 곰베로 향할 준비를 마친 제인과 반느는 루이스에게 손을 흔들어 작별 인사를 했다. 박 물관에서 일하는 식물학자 버나드 베르드커트가 두 사람을 곰베에서 가장 가까운 항구도시 키고마까지 태워다 주기로 했다.

항구까지는 사흘이나 걸렸는데 도중에는 체체파리가 들끓

는 숲이 많았다. 이 파리가 물면 꽤나 아플 뿐만 아니라 수면
병을 전염시키므로 조심해야 했다. 한번은 응급상황이 발생
하여 지프 브레이크를 수선해야 했다. 그들은 해질 무렵에 탕
가니카 호수 끝에 도착했다. 새파랗게 펼쳐진 물과 천연물감
으로 색을 입힌 듯한 산의 전경에 마음을 홀딱 빼앗겼다. 다
음날인 토요일에 그들은 키고마에 도착했다.

키고마에서 그들은 지역 관리를 만나 자신들이 왔음을 알
리고 곧바로 곰베로 떠나야 했다. 공무원들은 토요일에는 일
을 하지 않기 때문에 제인과 반느는 어렵사리 담당자를 만날
수 있었다. 그런데 어이없게도 관리는 좋지 않은 소식을 전했
다. 호수 저편의 새로운 독립국인 콩고공화국에서 정치적 분
쟁과 폭력이 일어나 피난민들이 탕가니카 호수를 건너서 키
고마로 몰려들고 있다는 것이었다.

"관리는 확고하게 '안타깝지만 침팬지 보호구역으로는 들
어갈 수 없다'고 했어요. 우선 키고마 지역의 아프리카 인들
이 폭동에 어떻게 반응하는지를 파악하는 게 급선무라면서
요." 제인이 회상했다.

정부 관리는 폭동이 제인과 반느가 가려는 지역으로 번질
것을 우려했다. 제인 일행은 막연히 기다릴 수밖에 없었다.

베르드커트는 호텔에 방을 세 개 얻었다. 그런데 피난민들
로 북새통을 이루어 1인실은 금세 동났고, 1인실에서도 여러

명이 기거해야 할 형편이었다. 제인 일행은 셋이 한방을 쓰기로 하고 남은 방을 내어 주었다. 거기다 지프에서 내린 짐으로 방은 비좁았다. 하지만 제인과 반느 그리고 베르드커트는 키고마 주민과 피난민에게 할 수 있는 한 도움을 주려고 노력했다. 그들은 과일과 담배, 초콜릿, 맥주를 내어 주었다. 어느 날 밤에는 2,000개가 넘는 스팸 샌드위치 만드는 걸 도왔다.

"그렇게나 많은 통조림 스팸을 본 건 난생처음이었어요." 제인이 말했다.

7월 14일, 마침내 곰베로 가도 좋다는 정부의 허가가 떨어졌다. 제인과 반느는 베르드커트에게 작별인사를 하고 그곳에서 고용한 요리사 도미니크와 더불어 침팬지 보호구역으로 향했다. 탕가니카 정부 소속의 대형 여객선 키비시 호에 장비와 물품을 모두 싣고 그들은 두어 시간에 걸쳐 호수를 횡단했다.

당시 제인은 또 다른 재앙이 나타나 곰베로 가는 길을 방해할 거라는 걱정에 사로잡혔다. 배가 가라앉거나 자신이 물속으로 처박혀 악어에게 먹힌다거나 하는 염려였다.

하지만 이제 그녀의 운은 변화의 시점에 서 있었다. 드디어 곰베의 전경이 그녀의 시야에 들어왔고 키비시 호는 카세케라 마을에 닻을 내렸다. 마을에는 여러 지역 출신의 아프리카

인들이 살고 있었다. 제인과 반느, 그리고 도미니크는 그 지역 아이들의 도움을 받아 해변에 터전을 마련했다.

제인과 반느는 간이침대가 들어갈 만한 커다란 텐트를 치고 별도의 욕실과 베란다도 마련했다. 또 텐트 전체에 모기장을 씌우고, 땅속 깊숙이 구덩이를 판 후 야자 잎을 엮어 울타리를 친 꽤나 괜찮은 화장실도 만들었다.

그날 저녁 정찰대원인 아돌프 시웨지가 와서 침팬지 한 마리가 관측되었다고 보고했다. 제인과 시웨지는 서둘러서 그곳으로 가 잎사귀와 다른 식물들에 가려진 검은 침팬지 한 마리를 보았다. 제인은 접근을 시도하려고 했으나 녀석은 숲 속으로 도망가 버렸다.

4
곰베의
침팬지 연구

곰베스트림 침팬지 보호구역(지금의 곰베스트림 국립공원)은 탕가니카 호숫가 북쪽에 16킬로미터 길이로 펼쳐져 있다. 보호구역의 한쪽 면은 자갈이 많은 해안선으로 둘러싸여 있고, 나머지 다른 면은 800미터 높이의 가파른 절벽이다. 대략 열다섯 개 정도의 개울이 보호구역에서 호숫가로 흘러내려 오는데 곰베스트림은 이중 하나다. 이 지역은 울퉁불퉁한 직사각형 모양의 지형으로 침팬지, 아누비스개코원숭이, 갈라고원숭이, 사향, 사향고양이, 부시벅, 표범, 멧돼지, 야생독사 등이 살고 있다.

"아, 청바지를 입은 이 여자 애가 이곳에서 뭘 할 수 있단 말인가? 야생침팬지를 관찰하러 저 높은 골짜기들을 수색이나 할 수 있을까?" 제인은 혼잣말로 말했다.

과학지식은 거의 백지상태나 다름없었지만 제인은 그보다 훨씬 더 중요한 것을 가지고 있었다. 바로 열린 마음이었다.

반느는 연구에서 제 몫을 했고 마을에 진료소를 차려 고기잡이로 생계를 유지하는 아프리카 주민과 친밀한 관계를 유지했다. 마을 사람들에게 약을 나누어 주고 간단한 치료도 해주었다.

"반느 같은 분이 내 어머니인 게 얼마나 행운이란 말인가. 백만 명 중 한 사람 나올까 말까 한 분이다. 어머니가 없었으면 나는 그 일을 해내지 못했을 것이다." 제인은 관찰노트에 이렇게 적었다.

제인은 혼자서는 밀림 속을 다닐 수 없었다. 정부는 정찰대원인 아돌프 시웨지와 항상 동반해야 한다는 조건을 내걸었다. 게다가 정부 관료들은 제인이 매일 관찰을 나갈 때 짐을 들 짐꾼을 고용해야 한다고 주장했다. 할 수 없이 제인은 라시디 키크와레를 고용했다. 시웨지는 탕가니카 정부에서 급료를 받았으나 키크와레는 제인에게서 일당으로 2실링씩 받았다.

제인은 혼자서 마음대로 구석구석 다니지 못하는 것이 불편했다. 혼자서 침팬지들에게 접근한다면 그들이 훨씬 더 편안해할 텐데 말이다. 하지만 이 문제에는 선택의 여지가 없었고 상황에 순응해야만 했다.

1960년 7월 17일 아침 8시 30분경에 제인과 시웨지, 키크와레는 침팬지 대여섯 마리의 울음소리를 들었다. 곧이어 나무에서 주홍색 열매를 따 먹고 있는 침팬지들이 목격되었다. 제인 일행은 녀석들에게 방해되지 않을 정도의 거리에서 망원경을 이용해 열 마리 정도의 침팬지를 관찰할 수 있는 언덕을 발견했다.

보호구역에 도착한 지 일주일이 지나자 제인은 아침부터 밤까지 침팬지들을 관찰했다. 어떤 때는 숲 속에서 잠을 자며 침팬지들이 아침에 깨어난 순간을 관찰하기도 했다. 하지만 꽤 먼 거리에서 관찰하다 보니 자세한 상황을 알 수도 없고 나무들이 시야를 가려 답답했다.

7월 말경에는 고민거리가 하나 더 생겼다. 시웨지와 키크와레는 침팬지를 연구하려는 제인의 열정에 보조를 맞추지 못했다. 그들은 늦잠을 자거나 고단하다며 나가떨어지기 일쑤였다. 제인은 동이 터오는 순간부터 땅거미가 질 때까지 걸으면서 침팬지를 관찰할 수 있는 유리한 위치를 찾아다녔고, 종종 혼자 침팬지를 찾아 나서는 일도 잦았다. 제인을 따라다니다 보면 하루 일과가 끝나갈 즈음 시웨지와 키크와레는 거의 폭발 일보 직전이 되어 버렸다. 어디든지 항상 그들과 다니기로 약속한 제인은 제멋대로 움직였고 심신이 지친 두 남자를 기다려 주지 않았다.

9월 1일경에 나이로비에서 알고 지내던 농부 겸 사파리 여행 안내자 데릭 던이 다른 두 명의 사파리 안내자들을 데리고 곰베로 와서 시웨지와 키크와레의 자리를 대신했다. 새로운 사람들이 도착하자 제인은 밀림 속을 원하는 만큼 돌아다닐 수 있었다. 다행히도 그들은 제인의 체력과 맞먹는 몇 안 되는 안내자들이었다.

루이스는 윌키브러더스 재단에서 침팬지 프로젝트를 위한 기금을 지원받으면서 연구기간을 넉 달 정도로 제안했다. 제인은 1960년 12월 1일까지 연구를 마무리 짓기로 했지만 침팬지들은 이러한 스케줄에 도움을 주지 않았다. 몇 주 동안 제인은 매일 몇 시간씩 걸었지만 침팬지들을 거의 관찰할 수 없었다.

"실망스러운 나날이 계속되었다. 우리는 침팬지를 아주 멀리서만 적당히 관찰했다. 어쩌다 가까이 가서 관찰하려고 하면 재빨리 도망가기 일쑤였다. 최악인 경우도 있다. 침팬지를 구경조차 못하는 날도 있으니 말이다." 제인이 관찰노트에 적었다.

제인이 우연히 침팬지를 만나게 되면 놈은 혼비백산하여 황급히 도망가 버렸다. 그러다 보니 제인은 이번 프로젝트가 성공할 기미가 보이지 않는다며 낙담하기에 이르렀다.

그래도 한 가지 긍정적인 점은 보호구역에서 사는 데 익숙
해졌다는 것이었다. 거친 초목 탓에 피부는 거칠거칠해졌고
면역이 생겨 체체파리에 물려도 부풀어 오르지 않았다. 이곳
지리와 지형에 익숙해진 제인은 이제 능숙하게 숲 속을 관찰
하며 다닐 수 있었다.

1960년 8월 16일, 제인은 돌파구를 찾았다. 그녀가 높은 곳
에 자리 잡고 앉아서 드넓은 곳을 관찰하고 있을 때였다. 흰
턱수염이 난 나이 든 침팬지가 10미터 앞까지 접근해 오는 것
이 아닌가.

"녀석은 놀란 표정을 짓더니 별안간 멈추고는 나를 빤히 쳐
다보았다. 머리를 갸우뚱 갸우뚱거리더니 몸을 돌려 울창한
덤불 속으로 황급히 사라져 버렸다." 제인은 관찰노트에 이렇
게 적었다.

이 일이 있은 지 며칠 후 제인은 흰 턱수염 수컷 원숭이를
또 만났는데 이전에 만난 그 침팬지일 가능성이 컸다.

침팬지들은 점차 제인의 존재를 알아보는 것처럼 보였다.
그녀는 가능한 한 침팬지가 자신을 또 다른 영장류로 여기도
록 행동했다. 제인은 자기 자신을 마구 긁어대며 두 손으로
땅을 파 벌레를 찾아 먹는 시늉도 했다. 또 뚫어지게 응시하
여 침팬지를 불안하게 하는 대신 오히려 그들에게 전혀 관심

이 없는 척했다. 그러자 반대로 침팬지들이 제인을 빤히 쳐다보는 일이 잦아졌다.

9월쯤 되자 침팬지들은 어느 정도 거리낌 없이 제인을 받아들이는 듯했다. 9월 16일, 제인은 흰 턱수염을 기른 수컷에게 마침내 '데이비드 그레이비어드'라는 이름을 지어 주었고 어떠한 두려움도 없이 완벽하게 14미터 정도 거리까지 접근할 수 있었다.

제인은 되도록 침팬지에 대한 정보를 많이 기록했다. 그들의 외모와 소리, 움직이는 방식 등을 자세히 묘사했다. 그들이 먹는 것을 기록하면서 가능하면 그 맛이 어떤지 모조리 맛보았다. 또 그들의 배설물을 채취해 침팬지들이 먹는 음식물에 대해 더 많은 연구를 했다.

어린 침팬지들은 장난꾸러기였다. 길쭉하고 두꺼운 나뭇가지를 장난감 삼아 서로 간질이면서 놀았다. 또 암컷 침팬지들은 새끼들과 매우 밀접한 관계를 유지하며 애정을 쏟았다.

"암컷들은 새끼들을 거의 인간과 똑같이 어르고 달래며 키웠어요." 제인이 말했다.

저녁이면 침팬지들이 잠을 자려고 나무에 보금자리를 만들었다. 제인은 그들이 어떻게 보금자리를 만드는지 자주 지켜보았다. 침팬지들은 튼튼한 두 갈래 나뭇가지에 부러진 가지

피건

들을 구부려 대어 잠자리를 만들었다. 어느 날 제인은 나무에
올라가서 직접 침팬지들의 잠자리를 살펴보았다.

"보금자리는 여러 나뭇가지가 복잡하게 얽혀서 짜여 있었
으나…… 배설물로 더럽혀지지는 않았다." 제인이 관찰노트
에 적었다.

계속해서 침팬지를 관찰하다 보니 이제는 하나하나 개별적
으로 구분할 수 있게 되었다. 9월 12일, 제인은 침팬지들에게

각자 이름을 부여하기 시작했다.

"사람들은 종종 왜 침팬지들에게 그 이름을 붙여 주었느냐고 물었다. 내 대답은 단순했다. 그저 미시즈 매그스, 스프레이, 미스터 맥그레거 등이 불쑥 떠올랐기 때문이다. 이상하게 들릴지도 모르지만 일부 침팬지들은 나를 친구나 면식이 있는 동료로 생각하게 하는 제스처나 태도를 보였고 이런 행동에 따라 이름이 지어지기도 했다."

못생긴 암컷 소피아의 아들은 소포클레스라고 이름을 지었다. 플로는 나이 든 암컷으로, 주먹코에 우툴두툴한 귀를 가지고 있었다. 플로의 아들은 피건이고 딸은 피피였는데 이들은 늘 어미 곁에 찰싹 달라붙어 다녔다. 클라우드는 턱수염이 있고 털은 회색빛이 돌았다. 애니는 늙은 대머리 암컷이고 데이비드 그레이비어드는 독특한 회색빛 턱수염이 난 나이 든 수컷이다.

10월에 제인과 반느는 과학자 조지 샬러와 그의 아내 케이를 곰베로 초대했다. 샬러는 동아프리카 지역 고릴라를 연구하는 중인데, 그 또한 제인과 비슷하게 그만의 방식으로 고릴라에게 이름을 붙여 주었다. 그는 운 좋게도 손쉽게 고릴라들의 행동을 아주 면밀히 관찰할 수 있었다. 제인은 그가 침팬지 연구와 관련해서 귀중한 충고를 해줄 것이라고 기대하며 그와 만날 날을 학수고대했다.

제인을 만난 샬러는 제인의 열악한 연구 환경에 핏발을 세웠다. 장비도 거의 없는데다 기한도 4개월이라는 건 말도 안 된다고 피력했다. 그는 또 보조금이 좀더 있으면 괜찮은 장비를 구입할 수 있고 기간도 연장할 수 있어서 아마도 더 나은 연구결과를 얻을 수 있을 거라고 조언했다. 제인은 귀를 쫑긋 세우고 샬러의 이야기를 들었다. 제인은 연구를 마무리할 때가 되었고 루이스 박사가 자신이 이룬 미미한 성과에 실망할까 봐 불안한 상태였다. 샬러는 남의 고민을 아주 잘 들어주는 사람이었고 제인이 하려는 일을 진정으로 이해해 줄 수 있는 지구상에 몇 안 되는 사람 중 한 사람이었다. 무엇보다 샬러는 제인이 연구의 목표를 정확히 인식할 수 있도록 도와주었다.

"샬러는 침팬지들이 육류를 먹거나 도구를 이용할 줄 아는 것을 밝혀내기만 한다면, 그 결과만으로도 연구기간이 1년이 걸린다 해도 전혀 아까울 것이 없다고 했다." 제인이 관찰노트에 적었다.

당시에는 침팬지들이 육류를 먹지 않고 도구도 이용할 줄 모른다고 여겼다. 그래서 만일 이런 행동이 관찰된다면 그것은 새로운 발견으로, 침팬지를 보는 과학계의 고정관념에 도전장을 내미는 셈이기도 했다.

샬러가 말한 대로 제인은 침팬지들이 혹시 육류를 먹는지 주의 깊게 관찰하기 시작했다. 10월 30일, 그동안의 성실함에 보답이 있었다. 제인은 침팬지 세 마리가 화가 난 듯 날카로운 소리를 내며 분홍색으로 보이는 뭔가를 들어 올리는 것을 보았다. 자세히 보니 고기가 분명했다. 이후로 제인은 침팬지들이 육식동물처럼 행동하며 두 손과 이빨을 이용해 다른 동물들을 죽이고 나서 그 사냥감을 먹는 것을 심심찮게 관찰할 수 있었다.

그로부터 며칠이 지나서 제인은 침팬지들이 도구를 사용할 줄 아는가에 대한 의문도 해결할 수 있었다. 이는 샬러가 제시한 연구 목표 중 하나이기도 했다.

11월 6일, 숲 속을 힘겹게 걷고 있는데 6미터 정도 떨어진 거리에 있는 데이비드 그레이비어드가 눈에 들어왔다. 제인은 신속히 자세를 취하고 데이비드의 행동을 지켜보았다. 데이비드는 지푸라기 하나를 흰개미 굴속으로 넣고 있는 중이었다. 잠시 후 녀석이 지푸라기를 빼내자 흰개미가 잔뜩 묻어 나왔다. 데이비드는 입술로 지푸라기를 훑으면서 흰개미를 먹었다. 지푸라기가 꺾이자 데이비드는 다른 나뭇가지에서 잎사귀를 떼어내고 그것을 대신 이용했다.

제인은 관찰노트에 데이비드의 이런 행동을 '흰개미 낚시'라고 묘사해 놓았다. 그 이후로 또 다른 '흰개미 낚시'를 관찰할 수 있을 거란 기대로 흰개미 굴 근처에서 밤을 새웠다. 이에 대한 보상으로 8일째 되는 날 데이비드와 다른 침팬지가 두 시간 동안이나 '흰개미 낚시'를 하는 장면을 보았다.

"여러 번이나 그들은 잎사귀가 약간 붙은 나뭇가지를 집어 들더니 거기에 붙은 잎을 떼어내어 개미 사냥에 나섰다. 이는 야생동물이 주위의 자연물을 이용하여 도구로 사용할 수 있을 뿐만 아니라 더 나아가 그것을 개조할 줄도 안다는 의미다. 이것은 '도구제작'의 초창기 모습이라 할 수 있다." 제인이 적었다.

제인의 연구는 중요한 한 걸음을 나아간 셈이었고, 또 제인은 침팬지가 도구를 사용한다는 것을 목격한 최초의 사람이라는 영예를 얻었다.

전율을 느낀 제인은 루이스에게 침팬지들이 육류를 먹는다는 사실과 도구를 사용할 줄 안다는 사실을 전보로 전했다. 이 소식을 전해 들은 루이스는 흥분해서 어쩔 줄 몰랐다. 당시 과학자들은 도구를 만들어 사용하는 건 다른 동물들과 구별 짓는 인간의 특징 중 하나라고 여겼다.

"지금 우리는 '도구'라는 단어를 재정의해야만 하고 '인간'이란 단어 또한 마찬가지다. 즉 침팬지를 인간으로 받아들여야만 한다." 루이스는 즉시 제인에게 편지를 보냈다.

  루이스 박사는 제인의 미래를 위해서 새로운 계획을 세워
놓았다. 우선 제인을 과학계에서 얻을 수 있는 최고의 학위를
딸 수 있게 케임브리지대학 박사 과정에 등록시켰고 그녀가
원하는 야생침팬지 연구 기반을 마련했다. 당시 제인은 아무
런 학위도 없었기에 박사학위를 받는다면 과학계에 더욱 큰
영향력을 행사할 수 있을 것이고, 학계에서도 그녀의 연구를
진지하게 받아들일 것이다. 아울러 제인의 연구를 연장할 보
조금 마련 방안도 찾았다.

  제인은 침팬지들이 흰개미 낚시를 하는 계절이 끝나는
1961년 12월까지 아프리카에 남아 있기로 했고 그 이후에는
영국으로 돌아가 케임브리지대학에서 공부를 할 계획이었다.
하지만 케임브리지에 머무는 기간을 길게 잡기는 어려울 듯
했다. 앞으로 몇 년간은 곰베에서 시간을 대부분 보내야 할
것 같았기 때문이다.

  이런 계획 때문에 제인은 약혼자 밥 영에게도 작별을 고하
였다. 그는 제인의 편지를 받고 무척 낙담했지만 그녀의 결정
을 존중해 주겠다는 편지를 보내왔다.

  약혼자에게서 이런 답장을 받은 제인은 감상에 젖어 있을
시간적 여유조차 없었다. 시간은 없고 준비해야 할 건 끝이
없는 듯했다. 그녀의 미래는 수많은 가능성으로 넘쳐나고 있
었다.

1960년 12월 1일, 제인은 친구 데릭 던과 함께 곰베를 떠나 짧은 사파리 여행에 나섰다. 늘 함께 다닌 정찰대원은 동행하지 않았다. 보호자가 없자 제인은 자유로움을 느꼈다. 이제는 키고마 관료들도 제인이 늘 정찰대원을 대동해야 한다는 사항을 잊은 듯했다. 관료들은 곰베에 사는 제인과 편안한 관계를 유지했고 더는 보호자에 대해서 신경 쓰지 않았다.

그렇다고 해서 제인이 완전히 혼자는 아니었다. 마이오세레이디 호의 선장인 하산 살이무와 캠프 직원인 반도라와 그의 아내 치코와 딸 아두, 그리고 다시 돌아온 키크와레 등이 함께했다.

사파리 여행을 한 후에 제인은 나이로비로 가서 루이스를 비롯한 친구들을 만나 크리스마스시즌을 보냈다. 1961년 1월 14일에 곰베로 돌아온 제인은 다시 혼자가 되었다. 반느는 정해진 스케줄에 따라 지난 가을에 영국으로 떠났다. 비록 함께 있지는 못했지만 제인은 계속해서 반느를 비롯한 버치스의 여성들과 편지를 주고받았다. 이번 곰베의 연구 활동은 처음의 것과는 사뭇 달랐다.

"지금은 혼자서 산을 오르고 있어요…… 내가 홀로 산을 오르는 건 일반적인 관습을 무시하는 것이긴 하지만 무척 효율적이에요. 바지를 벗어 허리에 두르고, 만약을 대비해 비닐텐트도 허리에 둘렀어요. 때때로 어쩔 수 없이 비를 흠뻑 맞으

며 걸어야 할 때도 있어요. 가끔은 폭풍우를 만나기도 하거든
요!" 제인은 가족에게 편지를 썼다.

제인은 혼자서 숱하게 밀림을 돌아다니면서 최소한의 옷만
걸치고 일했다. 하지만 이런 특이한 차림이 일하는 데 지장을
주지는 않았다.

하루하루가 육체적으로 고통스러웠다. 가혹한 환경 속에서
멀고도 먼 거리를 걸어 다녀야 했고, 툭하면 비가 퍼붓는 날
씨 외에도 또 다른 어려움이 많았다. 극도로 축축한 습기 때
문에 제인의 발가락 사이와 발톱 밑에는 세균이 퍼져 아물 기
미가 보이지 않았다. 또한 잦은 열과 두통에 시달렸다. 그렇
지만 제인은 묵묵히 이것을 감내했고 이런 그녀의 고달픈 연
구는 새로운 약진으로 보답해 왔다.

5
침팬지 사진 찍기

1월 31일, 제인은 우연히 침팬지들이 여럿 모여 있는 곳에 가게 되었는데 이제껏 관찰한 그 어느 것보다도 가장 흥분되는 축전을 목격했다. 처음에는 새끼들이 나무 위에서 장난을 치며 놀고 있었는데 돌연 그들이 보이지 않는 것이 아닌가. 제인은 순간 어른 침팬지들에게 눈길을 돌렸다. 그들은 수컷 다섯 마리와 암컷 한 마리였는데 나무에서 조용히 먹이를 먹고 있다가 이내 각자 앉아 있던 나무에서 내려오더니 모두 한 나무로 올라갔다.

잠시 후 사라졌던 새끼들이 새로운 침팬지들과 함께 나타났다. 새끼들은 다시 한 시간가량을 활발하게 놀았다. 그런데 비가 내리기 시작했다. 제인은 여느 비 오는 날에 그들을 관찰했던 경험을 떠올리며 침팬지들이 비 피할 곳을 찾아갈 거라고 예상했다. 그런데 그들은 나무에서 내려오더니 두 그룹으로 나뉘어 45미터 정도 거리를 두고 서 있었다. 어른 수컷 침팬지가 시끄러운 소리를 내며 전속력으로 돌진하자 두 그룹은 일렬종대로 나란히 서서 언덕을 향해 행진을 시작했다. 무척 인상적인 장면이었다.

언덕 꼭대기에 도착하자 그들은 나무로 올라갔다. '비의 축전'이 시작된 것이다. 어른 수컷들은 나무 위에서 펄쩍펄쩍 뛰었고 때로는 커다란 나뭇가지를 부러뜨렸다. 그러더니 잠시 후 언덕 아래로 돌진해 내려왔다.

"배우들은 대부분 침묵하다가 종종 천둥보다도 크고 거친 소리를 내었어요. 몸집이 비대하고 검은 털북숭이들이 하늘을 향해 펄쩍펄쩍 날뛰며 강인함을 내보이고 밀림의 위력을 과시했어요. 수컷들이 개별적으로 자신들의 우월성을 과시할 때 암컷들과 새끼들은 조용히 지켜보았어요…… 한 30분 동안 야생의 의식이 진행되는 것을 지켜보고 있을 때는 이 의식이 내게 유익한 관찰이라는 것도 깨닫지 못했어요. 그저 그들이 자신들의 힘과 강인함을 증명하고 있다는 정도로만 느꼈죠…… 제가 어떤 느낌이었는지 상상할 수 있나요? 어느 누가 이런 밀림에서, 이렇게 환상적이고 경이로운 의식을 목격할 수 있단 말인가요?" 제인은 가족에게 편지를 썼다.

제인의 연구는 '비의 축전'을 목격하고 나서 또 한번 발전

했다. 이것은 야생침팬지들의 삶이 생각보다 무척 복잡하다
는 단적인 증거였다. 연이어 연구는 한 단계 더 발전했다.

가장 중요한 성과는 점진적으로 이루어지고 있었다. 침팬
지들은 제인을 점점 편하게 느끼는 것 같았다.

1960년 11월 초 데이비드 그레이비어드는 제인과 있는 것
이 아무렇지도 않은 듯했다. 한번은 제인과 데이비드가 서로
따로따로 걷다가 맞닥뜨리게 되었다. 제인이 앉자 데이비드
도 따라서 앉았다. 데이비드는 완벽하게 제인을 알아보았다.
이제 제인은 점점 침팬지들과 아무런 거리낌 없이 지내게 되
었다.

2월 24일, 수컷 침팬지 한 마리가 위험을 무릅쓰고 제인의
캠프 근처로 내려와 야자수 나무 열매를 먹었다. 이틀 후에는
또 다른 수컷 침팬지가 캠프에 나타나 야자수 열매를 비롯한
다른 열매를 먹었다. 3월 중순쯤 되자 캠프에서 침팬지를 보
는 것은 다반사가 되었다.

3월 30일, 제인은 고생스럽게 침팬지를 찾아 나서느니 차라
리 캠프에서 기다리는 것이 낫겠다는 결론을 내렸다. 한 시경
에 텐트 근처에서 수컷 두 마리를 발견했다. 제인은 살금살금
텐트로 들어가 그 안에서 유인원들을 관찰했다. 그중 한 마리
가 데이비드 그레이비어드였다. 제인이 목을 길게 빼고 훔쳐

곰베의 캠프에서 데이비드 그레이비어드와 함께 있는 제인 (1965년)

볼 때마다 녀석도 제인을 빤히 쳐다보곤 했다. 제인의 스물일곱 번째 생일인 4월 3일에 침팬지들이 캠프를 방문했다.

"아, 이 얼마나 멋진 생일 선물인가요…… 날씨가 좀 추운 듯해서 텐트 안 침대에 누워 있었어요. 그런데 무슨 소리가 나서 내다보니 침팬지 한 마리가 근처 야자수 나무에 매달려 있는 게 아니겠어요…… 녀석이 나무로 올라가더라고요. 나는 엎드려서 녀석을 주시했죠. 두 번째 녀석이 야자수 나무 옆으로 걸어가는 거예요…… 이런 방법으로 침팬지를 관찰하게 되다니요…… 엄마가 지금 여기 없는 게 너무 안타까워 요!" 제인은 어머니에게 편지를 썼다.

1961년 2월, 침팬지 연구 보조금을 추가로 모금하기 위해 루이스는 워싱턴에 있는 내셔널지오그래픽협회와 접촉했다. 이 협회는 과학·역사를 연구하고 보전하는 일을 지원하는 비영리단체다.

루이스는 침팬지 행동을 연구하는 건 인간의 진화를 이해하는 데 중요한 부분이라고 주장했다. 또한 자신의 연구원인 제인이 이미 많은 시간을 침팬지를 관찰하는 데 보내고 있으며 그 과정에서 중요한 발전을 이루어 냈다고 했다.

이러한 박사의 노력으로 1,400달러의 연구비를 추가로 받은 제인은 곰베에서 연구를 계속할 수 있었다. 최소한 대여섯 달은 버틸 수 있는 금액이었다.

내셔널지오그래픽 측의 재정적인 지원에는 곰베의 침팬지 사진과 연구를 협회가 최초로 발표하게 될 거라는 암묵적인 합의가 포함되어 있었다.

루이스는 내셔널지오그래픽 측과 소통하는 과정에서 줄곧 제인의 성공을 과장되게 묘사했다. 그는 침팬지들이 무리를 지어 먹이를 먹을 때 제인이 5미터 이내로 접근할 수 있다고 떠벌렸다. 이것은 제인이 평상시 침팬지들에게 접근하는 거리

보다 훨씬 가까운 거리였다. 이러한 과장으로 인해 내셔널지
오그래픽협회 측은 제인이 멋진 침팬지 사진을 찍어줄 수 있
으리라 확신했다.

얼마 뒤 협회 측에서 왜 사진을 보내지 않느냐고 묻자 루이
스 박사는 아직 제인에게 침팬지 사진을 찍으라는 명령을 내
리지 않았기 때문이라고 답했다. 제인이 침팬지들과 함께 있
을 땐 카메라 셔터와 같은 미세한 움직임조차도 이제껏 쌓아
놓은 신뢰를 무너뜨릴 수 있기 때문에 이런 행동은 자제하라
는 명령을 내렸다고 말했다. 또 루이스는 제인이 사진을 찍어
보낼 수 있도록 시간을 충분히 주고 아울러 보조금도 더 주어
야 한다고 주장했다.

침팬지 사진에 기대가 큰 내셔널지오그래픽은 협회 소속의
사진사를 현지에 파견하겠다고 고집을 부렸다. 제인은 낯선
사람이 캠프에 침입해 연구에 방해가 되는 건 원치 않았다.
하는 수 없이 직접 사진을 찍어 보내겠다고 했다.

1961년 6월, 루이스는 제인이 현장에서 사진을 찍을 수 있
도록 단순한 기능의 레티나 리플렉스 카메라를 보내왔다.

8월 14일, 제인은 내셔널지오그래픽 측에 필름 한 통을 보
냈다. 필름에는 36컷의 사진이 찍혀 있었는데 그중 16컷은 노
출이 부족했고 10컷은 흐릿해서 보이지 않았다. 나머지 중에

서도 그나마 사용할 수 있는 건 겨우 한 장뿐이었다. 내셔널
지오그래픽 측이 제안한 제인의 첫 번째 임무는 완전한 실패
로 돌아갔다.

제인과 루이스는 굳이 전문 사진작가까지는 아니어도 누군
가가 와서 사진을 찍을 필요가 있다고 인정했다. 궁리 끝에 제
인의 동생 주디에게 사진을 찍게 하자는 결론을 내렸다.

루이스는 다시 한번 내셔널지오그래픽 측에 진실을 왜곡하
는 주장을 했다. 그는 편지에서 주디는 컬러사진을 찍은 경험
이 몇 번 있다고 말했던 것이다. 사실 주디는 사진을 찍어본
경험이 거의 없었다.

내셔널지오그래픽은 루이스의 제안에 난색을 표하며 전문
사진작가를 파견해야 한다는 주장을 굽히지 않았다. 양측은
서로 한 치의 양보도 하지 않았다. 화가 난 루이스는 내셔널
지오그래픽과의 협약을 무시하고 제인이 보낸 침팬지 사진
저작권을 영국 신문사 리밸리에 840달러 정도에 팔아넘겼다.

그러는 동안 제인은 동생 주디를 맞을 준비를 했다. 제인은
주디가 곰베 사진사로 성공하리라고 확신했다. 적절한 시간
에 적절한 장소에서 찍는다면 사진 찍는 기술은 그다지 중요
할 것 같지 않았다. 제인은 자신과 주디가 서로 많이 닮았기
때문에 주디에게 자기 옷을 입힌다면 침팬지들이 자신으로
착각할 것이라고 믿었다.

1961년 9월 23일, 주디가 드디어 곰베에 도착했다. 주디는 여러 구색을 갖춘 신형 니콘 카메라를 들고 나타났지만 제인은 그때 캠프에 없었다.

주디가 도착하기 전날 연구가 또 한 단계 발전을 기록했다. 침팬지의 짝짓기 장면을 목격한 것이다. 현장에 있던 제인은 동생이 온 것을 알고 있었지만 자리를 박차고 뛰쳐나갈 수가 없었다. 뒤늦게 주디를 만난 제인은 주디를 데리고 관찰지역으로 가서 희귀한 장면을 보여주었다.

제인과 주디는 함께 침팬지 사진을 찍는 작업을 시작했다. 하지만 둘의 노력은 제인이 혼자서 시도할 때와 마찬가지로 무용지물이었다. 그들은 카메라를 다루는 기술적인 문제에 봉착했다. 처음 제인이 루이스한테서 받은 레티나 카메라는 고장이 나서 수리를 맡겼기 때문에 제인은 주디의 카메라를 넘겨받아 침팬지들에게 가까이 다가갔다. 하지만 조명상태도 문제가 있었고 더군다나 나뭇잎과 덩굴식물들에 가로막혀 쓸 만한 사진을 찍을 수가 없었다. 제인의 레티나 카메라가 수리를 마치고 돌아오자 곧바로 주디의 카메라가 열기와 습기 탓에 고장이 나고 말았다.

"상황이 이렇게 되니 비참한 심정이 드는 것을 어쩔 수가 없네요." 제인은 루이스에게 편지를 썼다. 제인의 입장에서 사진의 실패는 개인적인 실패였다.

내셔널지오그래픽은 이번 사진도 세상에 내보내기에는 부

적합하다는 판정을 내렸다. 1962년 1월, 제인은 케임브리지 대학 박사과정 때문에 영국으로 돌아갔고 내셔널지오그래픽은 제인에게 침팬지 연구와 그 이야기를 출간하는 데 더는 흥미가 없다는 통지를 해왔다.

6
침팬지 숲에서의
로맨스

1961년 12월 14일, 케임브리지대학에 입학해도 좋다는 허가를 받은 스물일곱 살의 제인은 학교를 향해 출발했고, 그곳에서 적당한 하숙집을 구했다.

제인에게는 학사학위가 없었지만 곰베에서의 업적과 루이스의 강력한 추천으로 케임브리지는 제인을 받아들이기로 했다. 대학 측은 곰베의 침팬지 연구를 박사학위 기본 연구로 인정해 주었고 제인은 침팬지 연구를 주제로 논문을 쓸 계획이었다.

그렇지만 논문을 쓰기 위해서는 곰베에서의 연구를 과학적 방식으로 설명하고 기술하는 법을 익혀야만 했다. 그녀의 지도교수인 로버트 A. 힌드 교수는 아직 훈련되지 않은 제인의 관찰법을 좀더 과학적인 접근법으로 변화시킬 수 있도록 도와주었다.

제인은 난생처음으로 몹시 낯선 과학 훈련인 동물행동학을 배웠다. 동물행동학은 다른 종과 비교하며 동물의 행동을 연구하는 학문이다. 과학자들은 동물의 행동도 해부학과 마찬가지로 다른 종과 어떤 차이가 있는지를 낱낱이 파헤쳐야 한다고 여겼다.

제인은 곰베 침팬지 연구 기록을 위해 '이야기식 관찰법'을 사용했다. 이는 관찰내용을 적는 데 있어서 측정이나 데이터를 사용하기보다는 이야기로 풀어나가는 형식이다. 이 방식은 연구를 추적하는데 유연성이 많다는 장점이 있으나 무엇을 놓쳤는지 판단하기 어렵다는 단점이 있었다. 힌드 교수는 제인이 좀더 체계적인 접근을 하도록 도움을 주었다.

제인과 힌두 교수는 털 고르기와 먹이, 혹은 짝짓기 등을 비롯한 침팬지 행동을 관찰하는 점검표를 만들었다. 각각의 점검표엔 일정 기간에 침팬지가 개별적으로 무엇을 하는지 표시할 수 있었다. 점검표를 사용하자 관찰은 점점 체계를 갖추어 갔고 다른 연구원들도 작업에 참여하게 되었다. 점검표는 제인이 과학적 형식에 맞추어 자신의 결과물을 기록하는 데 도움이 되었다.

어느 특정한 종의 전형적인 행동을 연구하는 것 또한 동물행동학 연구의 일부분이다. 제인은 침팬지를 대상으로 그들의 행동을 연구하는 데 전혀 문제가 없었다. 야생침팬지가 하루에 대여섯 시간을 먹이를 먹는데 보낸다든가 5분 만에 보금자리를 짓는다든가 등에 대한 연구는 손쉬웠다.

그러나 한 가지 문제에 부딪혔다. 전통적으로 동물학자는 어떤 동물 전체 종에 초점을 맞추어 그들에게 일어나는 공통된 행동을 찾아내는 게 관례였다. 하지만 제인은 침팬지 한 마리 한 마리가 개별적으로 내보이는 독특한 행동에 더 관심이 많았다. 제인은 침팬지들이 마치 사람인 것처럼 각자 이름을 지어 주었다. 이건 그들도 사람과 똑같은 마음과 감정이 있을 거라는 암시였다. 이 문제는 제인과 지도교수 사이에 마찰을 일으켰다.

"제가 1960년에 야생침팬지를 연구하기 시작했을 때……동물에게도 감정이 있다는 가설은 허용하지 않았죠. 적어도 동물행동학 범주에서는 그랬어요. 오직 인간만이 감정을 소유한다고 믿었어요…… 그러니 얼마나 제가 한심해 보였겠어요…… 하지만 나는 동물들이 인격도 없고, 생각도 없고, 감정도 고통도 느끼지 못한다는 사실을 인정하지 않았어요. 또 침팬지 각자에게 이름이 아닌 숫자를 부여하는 것이 더 적절하다는 의견도 받아들이지 않았어요. 동기부여나 목적 측면에서 동물들의 행동을 토론하는 건 비과학적이라고 여기던 때였으니까요." 훗날 제인이 회상했다.

하지만 제인은 종래와는 다른 방법에 확신이 있었다. 그래서 단순한 '과학적 훈계' 따위는 무시했다. 그녀는 자신만의 독특한 과학적 이론을 밀고 나갔고 침팬지의 이름을 숫자로 바꾸지도, 이제껏 해오던 자신만의 방법에 변화를 주지도 않았다.

과학적 접근이 전혀 달랐는데도 제인은 1962년 초 과학계에 강한 인상을 남길 만한 진보를 이룩했다. 제인의 연구 결과는 대부분 루이스 박사의 보고서를 통하거나 그가 보증을 선 상태에서 세상에 선보였다.

곰베에 있는 동안 제인은 오스트리아에서 웨너그렌 재단이 주최한 심포지엄에 초대된 적이 있었다. 소수 과학자로만 구성된 이 포럼에 초대된 것은 제인으로서는 영광이었다. 특히 어떤 과학 관련 학위도 없는 제인에게는 그랬다.

"참 웃기는 일 같아요. 나는 여기 자갈 위에 침팬지처럼 쪼그리고 앉아서 가시를 뽑고 있는 데 말이에요. 어딘가에서 과학 연구를 하고 있다는, 알려지지 않은 '미스 구달'에 대해 사람들이 이야기할 걸 생각하니 피식 웃음이 나요." 영광스러운 초대에 기분이 좋아진 제인이 가족에게 편지를 썼다.

하지만 저명한 과학자들과 어깨를 나란히 하고 서 있어야 한다고 생각하니 가시방석에 앉은 느낌이었다. 다행히도 모임이 7월에 개최된다는 사실을 알고 제인은 안도의 한숨을 내

쉬었다. 침팬지 연구로 여름 내내 곰베에서 보내야 하는 터라 참석할 수 없었기 때문이다.

제인은 자신의 연구물을 세상에 알려야 한다는 점이 편치 않았다. 하지만 세상은 점점 더 제인에게 관심을 보였다. 루이스는 내셔널지오그래픽 측에 제인의 연구를 지원해 줄 것을 재고해 달라는 청을 넣었다.

"제인이 이룬 결과물은 두드러지게 뛰어납니다. 그러니 기금을 마련해서 제인이 돈에 쪼들리지 않고 편안하게 논문을 쓸 기반을 마련해야만 합니다." 루이스는 강력한 어조로 편지를 보냈다.

내셔널지오그래픽은 루이스의 청원을 받아들여 1962년 1월, 추가로 1,124달러를 보내 제인의 케임브리지 생활을 1년간 지원해 주었다.

"미스 구달이 침팬지들과 친해져서 아랑곳하지 않고 침팬지들이 태연하게 행동한다는 건 흥분되는 일입니다. 그 밖에도 이 연구에는 상당히 흥미롭고 색다른 것이 있습니다. 이 이야기가 우리 잡지에 실린다면 파급효과가 굉장할 겁니다. 그래서 우리는 모든 지원을 아끼지 않기로 했습니다." 내셔널지오그래픽협회 소장 멜빌 벨 그로스베너가 설명했다.

얼마 안 있어 제인은 협회 측에서 훨씬 더 많은 재정적 지원을 받았다. 3월 22일 이사회는 제인에게 프랭클린 L. 버 상을 수여해 과학계의 공로를 인정했다. 이 상의 명성은 널리 알려져 있었을 뿐만 아니라 상금이 1,500달러나 되었다. 그런데 협회 측의 지원이 재개되자 오랫동안 묵었던 침팬지 사진 문제가 다시 거론되었다. 분명 전문 사진작가가 필요하긴 했지만 제인은 외부인이 들어와 이제껏 공들여 쌓아놓은 침팬지와의 관계를 무너뜨릴까 봐 걱정이었다. 하지만 달리 방도가 없는 듯했고 또 사진문제로 속을 끓일 시간적 여유도 많지 않았다.

그해 3월, 제인은 첫 논문인 「야생침팬지의 먹이 활동」과 「야생침팬지들의 보금자리 짓기」에 마지막 손질을 가하고 있었다. 논문이 완성되자 협회의 발표를 피할 수 없게 되었다. 굳이 과학계 인정을 받으려는 마음은 없었지만 어쩔 수 없는 일이었다. 스물여덟 살 생일이 며칠 지난 4월 11일, 제인은 기차를 타고 케임브리지에서 런던으로 가서 '동물 영장류' 라는 3일간의 심포지엄에 참석해 논문을 발표하기로 했다.

제인은 런던과 예일대학에서 논문을 발표했고, 현대과학으로서는 처음으로 동물학 연구의 면모를 갖추었다는 평가를 받았다. '침팬지는 육류를 먹고 도구를 사용할 줄 안다' 는 제인의 발견에 루이스가 몹시 흥분했던 것처럼 다른 과학자들도 마찬가지로 열광했다.

"이 여성은 인류를 재정의했습니다. 나는 루이스 박사의 청으로 그녀를 이곳에 오게 했습니다. 그런데 참으로 대단한 일입니다. 여태 이름도 들어보지 못한 여성이 나타나 그간 연구한 것을 한번 보십시오." 심포지엄의 주최자 존 네이피어가 말했다.

그는 제인이 곰베로 떠나기 전에 잠시 함께 연구 활동을 같이한 적이 있었다.

제인은 논문 발표를 끝내고 케임브리지로 돌아가 학기를 마치고 7월에 다시 곰베로 향했다. 그러는 동안 루이스는 사진 문제를 해결할 방안을 찾았다. 그는 내셔널지오그래픽협회가 곰베 연구에 1년에 5,000달러 넘게 재정지원을 해줄 뿐만 아니라 제인의 경비와 어머니 반느의 경비도 지원해 줄 것이라 믿었다. 당시 자연을 카메라에 담는 사진작가는 여성보다 남성이 훨씬 많았으므로 곰베로 파견될 사진작가 또한 남자일 가능성이 컸다. 루이스는 제인이 정글에서 남자와 단둘이 있는 것은 부적절하다고 주장했다. 그래서 반느를 보내 제인의 공식 보호자로 삼을 계획이었다.

루이스는 아무리 내셔널지오그래픽협회라 해도 제삼자에게 제인의 프로젝트에 참여할 사진작가를 뽑을 기회를 주고 싶지 않았다. 그는 직접 제인을 선발했고 계속해서 스승 역할을 해왔기 때문에 제인과 그녀의 연구에 대해 자신이 당연히 보호자라고 생각했다. 그러므로 곰베로 가는 사진작가는 자신이 직접 뽑아야 한다고 여겼다. 그래서 함께 프로젝트를 한 적이 있는 휴고 반 라빅이라는 사람을 선택했다.

휴고는 네덜란드 남작 출신 귀족이었지만 그의 가족은 작위를 유지할 만큼 부유하지 않았다. 그래서 휴고는 생활전선에 뛰어들었다. 어릴 때부터 그는 자연과 더불어 일하기를 원했고 사진작가는 그 꿈을 실현시켜 줄 통로였다. 그는 몇 년째 사진작가로 활동하고 있었다. 재능이 많은 그는 당시 나이로비에 묵고 있어서 단 며칠 안에 곰베로 갈 수 있었다. 이런 이유로 루이스 박사는 휴고를 제인과 함께 일할 사진작가로 선택했다.

1962년 7월 8일, 제인은 곰베로 돌아왔다. 그즈음 그녀는 재미삼아 곰베를 '침프랜드'라고 불렀다. 몇 주 동안 제인은 현지 아프리카 관리인들의 도움을 받아 연구를 계속했다.

곰베를 떠나 케임브리지에서 6개월 이상 공부하고 돌아왔는데도 침팬지들은 그녀를 잊지 않았다. 침팬지들은 그녀가 출현했는데도 아무런 상관없이 편안하게 행동했다. 데이비드 그레이비어드와 골리앗이라는 이름을 붙여 준 수컷은 자주 캠프로 내려와서 바나나를 훔쳐 먹었다.

곰베로 돌아왔을 즈음 제인은 데이비드가 침팬지의 우두머리라고 믿어 의심치 않았다. 인간을 대하는 데이비드의 침착함과 포용적인 태도는 그가 무리의 대장임을 확신하게 했다. 데이비드와 골리앗은 이미 길들여진 상태였다. 녀석들은 캠프에 규칙적으로 찾아왔고 어떨 때는 과감하게 텐트 안까지 들어왔다. 8월 17일 아침 제인이 눈을 떠 보니 세상에 데이비드가 침대 옆에 앉아서 바나나를 먹고 있는 것이 아닌가. 하지만 제인은 털끝만큼도 두렵지 않았다. 사실 무척 즐거웠다고나 할까.

"녀석은 장난꾸러기예요! 놈을 쫓아내고는 다시 눈을 감았어요. 한 5분쯤 지나자 살금살금 발걸음 소리가 들리더라고요. 내가 소리를 지르자 놈이 짓궂게 테이블을 쾅쾅 치더니 보온병을 엎질렀다니까요!" 제인은 가족에게 편지를 썼다.

같은 날 오후 제인은 침팬지들과 더욱더 돈독한 우정을 나눴다. 이전에 제인은 침팬지들을 유혹하려고 바나나를 캠프 주위에 놓았지만 그날은 바나나를 손에 들고 있었다. 데이비드는 그녀에게 걸어와서 손에 있는 바나나를 잡아채 갔다. 야생침팬지와 이런 식으로 교류하는 사람은 아무도 없었다. 제인은 캠프에 바나나를 놓아두면 그들은 위험을 감수하면서도 바나나를 먹으러 가까이 오게 된다는 사실을 알았다. 이렇게 되자 제인은 밀림으로 들어가 녀석들을 찾는 수고를 덜게 되었다. 이후로 '바나나 유인 작전'은 몇 년간 지속되었다.

침팬지가 제인에게서 바나나를 뒤지고 있다.

8월 중순, '바나나 유혹'으로 연구가 한층 더 발전한 가운데 사진작가 휴고가 도착했다. 루이스는 보호자가 꼭 함께해야 한다고 주장했는데도 반느는 아직 곰베로 가지 않은 상태였다. 제인은 보호자가 필요하다고 느끼지는 않았다. 낯선 사람으로부터 보호 받을 필요는 없었지만 어머니가 캠프에 와 주기를 손꼽아 기다렸다.

제인은 휴고와 캠프에서 잘 지낼 수 있을지가 걱정이었다. 휴고가 도착하자 이런 두려움은 순식간에 사라져 버렸다. 그도 자신과 마찬가지로 임무에 전력을 다하는 사람이었다. 몇 가지 서로 맞지 않는 점도 있었다. 제인은 휴고가 심한 골초라는 사실이 마음에 들지 않았다. 또 제인은 하느님을 믿는 반면 휴고는 무신론자였다. 하지만 둘은 편안하게 잘 지냈다.

"이곳 생활은 즐거워요. 알고 보니 휴고는 매력적인 사람이더군요." 제인은 처음에 곰베로 올 때 함께한 베르드커트에게 편지를 썼다.

제인은 '어글리'라고 부르던 침팬지에게 '휴고'라는 새 이름을 지어 주었다. 휴고에게는 영광스러운 일이었다. 다행히도 휴고는 제인이 그동안 침팬지와 쌓아놓은 신뢰를 아주 잘 이용할 줄 알았다.

휴고는 커다란 삼발이와 카메라, 렌즈 등을 짊어진 완벽히 새로운 인물인데도 침팬지들은 제인과 함께 밀림을 돌아다니는 그를 참아 주는 듯이 보였다. 휴고는 제인의 모습과 곰베 침팬지의 모습을 생생하게 카메라에 담아내 결국 내셔널지오그래픽협회를 만족하게 했다. 게다가 그는 내셔널지오그래픽이 후원하는 강의용 필름에 제인과 침팬지들을 담았다. 이후 제인은 이 자료들을 바탕으로 강연을 했다. 12월 말, 협회는 제인에게 휴고의 사진을 수록한 침팬지 관련 글을 써 달라는 부탁을 해왔다.

곰베로 보낼 사진작가를 찾았을 때, 루이스는 반느에게 제인의 신랑감을 찾았다는 내용의 편지를 보냈다. 그리고 그의 예감은 적중한 듯했다. 밀림에서 함께 보내면서 휴고와 제인 사이에는 야릇한 감정이 싹트기 시작했다. 하지만 휴고는 11월 초에 잠시 곰베를 떠나 다른 임무를 수행해야 했다. 함께 있던 반느도 영국으로 돌아갔고 제인은 1월에 다음 학기 준비를 위해 케임브리지로 갈 계획을 세웠다. 두 사람은 감정을 잠시 접어 두기로 했다.

아프리카를 떠나기 전 제인은 우선 내셔널지오그래픽이 요청한 글을 완성해야 했다. 1963년 1월 28일 제인은 글을 완성해 보냈고 얼마 후 수정 요청을 받았다. 그즈음 제인은『동물 영장류: 원숭이와 유인원의 현장 연구』라는 제목의 책을 출간하기 위해 논제를 정하고 장(章)을 구성하는데 골몰하고 있었다.

케임브리지로 돌아온 제인은 존 킹이라는 남자를 만났다. 그들은 첫눈에 서로에게 강하게 이끌렸다. 휴고를 만났을 때의 감정과는 좀 다른 것이었다. 3월 15일에 존은 제인이 나이로비행 비행기를 타는 런던 공항까지 가는 길에 함께했다. 제인은 비행기 안에서 존과 휴고 중 누구를 선택해야 할지 내내 깊이 고민했다.

나이로비에 도착한 제인은 존으로 결론을 내렸다. 하지만 휴고가 이런 좋지 않은 소식을 받아들일 수 있을지, 또 이로

인해 캠프에서의 생활이 끔찍해지는 건 아닌지 몹시 걱정이
되었다.

제인과 휴고는 4월에 곰베로 돌아왔다. 그들은 즉시 일에
빠져 둘의 관계를 결정할 만한 시간적 여유도 없었다. 침팬지
들은 바나나를 먹으러 계속해서 캠프로 찾아왔다. 이전보다
침팬지 수가 굉장히 많이 늘어났다.

제인은 침팬지 가족 관계를 확인하는 작업부터 시작했다.
플로의 아들은 피건으로 여섯 살 정도 되었고 딸 피피는 세
살이었다. 올리는 딸 질카와 일곱 여덟 살가량 된 아들 에버
드의 어미였다. 제인은 앞으로 몇 년간에 걸쳐서 이들 가족
관계에 대해서 연구했다.

제인과 휴고는 몇 시간씩 함께 연구하고 사진을 찍고 유인
원들의 삶을 촬영했다.

"우리의 대화는 거의 다 침팬지 얘기예요. 침팬지, 침팬
지…… 휴고는 나랑 똑같이 녀석들을 아주 많이 사랑해요. 그
결과 우리는 꾸밈없이 멋진 촬영을 했어요."

휴고와 함께 일하는 과정에서 제인은 함께하고 싶은 남자
가 누구인지 다시 깊이 고민에 빠져 들었다. 그러는 와중에도
두 사람은 날로 가까워져 갔다.

개인적으로도, 그리고 직업적으로도 곰베에서의 시간은 흥
미로웠다. 제인과 휴고는 짝짓기 계절 동안 암컷 침팬지들이

보여주는 행동을 관찰했다. 또 데이비드와 골리앗이 유별나
리만큼 친밀하게 지낸다는 사실도 알아냈다. 둘은 함께 놀고
돌보고 보호하며 서로 도움을 주었다.

그 무렵 데이비드는 제인과 있는 것에 익숙해졌고 제인이
몸에 손을 대도 아무렇지도 않게 행동했다. 하지만 이런 모습
을 보면 골리앗은 질투를 하며 공격을 해왔다.

1963년 7월 중순, 반느가 다시 곰베로 왔다.

"제인과 휴고는 무척 행복해 보였어요. 제인은 평온하고 즐
거워했죠. 그 애들은 늘 일에 대한 얘기만 나누었어요. 그런
데도 진정으로 행복해 보였어요. 제인은 휴고와 있으면 차분
해졌고 휴고는 언제나 성격이 좋았어요. 그래서인지 휴고는
다른 사람들보다도 오랫동안 이곳에 머물렀어요. 영국으로
간 기간 동안 헤어져 있을 때에도 그의 매력은 이곳 침프랜드
까지 뻗쳤다니까요." 반느가 말했다.

반느가 제인과 휴고의 보호자는 아니었지만 내셔널지오그래
픽은 반느가 곰베에 머무르는 동안 경비를 지불했다. 반느가
할 역할은 가능한 한 어떤 방식으로든 제인을 돕는 것이었다.

당시 제인은 휴고를 향한 감정을 글로 적지는 않았다. 하지
만 그해 10월 중순에 반느가 곰베를 떠나자 휴고와 제인이 숙
소를 합쳤을 가능성이 높다.

"휴고와 함께라면 일의 즐거움과 좌절을 공유할 수 있다.

뿐만 아니라 침팬지와 밀림에 대한 내 사랑도 함께 나눌 수 있어서 좋다." 훗날 제인은 이렇게 적었다.

7월 말에 제인은 〈내셔널지오그래픽〉 8월호 신간 견본을 받아 보았다. 책자는 제인의 글을 특집으로 다루었고, 이는 세상에 큰 반향을 불러일으켰다. 제인의 일과 개성을 세상에 알리는 멋진 의식이었다고나 할까.

기사가 발표되고 나서 제인은 난생처음 전 세계 사람들로부터 팬레터를 받기 시작했다. 과학적 지식이 전혀 없는 사람들은 제인에게 편지를 써서 그녀의 기사가 야생에서 동물과 더불어 일할 수 있다는 꿈을 심어 주었다고 토로했다. 페루 출신의 한 여성은 혹시 조수가 필요하냐고 물어왔다. 그녀는 자신에게 기회를 준다면 절대로 후회하지 않으리라고 강조했다. 전에 다니던 영화사 스코필드 프로덕션의 스탠리 스코필드 사장은 자신도 제인의 연구에 합류할 수 있느냐고 물어오기도 했다. 케냐의 고위직 관료는 그녀의 기사가 매우 인상적이어서 가죽으로 장정해 책꽂이에 꽂아 두었다는 내용의 편지도 보내왔다. 제인에 관한 기사는 상상했던 것보다 훨씬 더 큰 반향을 일으키며 일파만파로 퍼져 나갔다.

반면 〈내셔널지오그래픽〉에 실린 글을 인정하지 않은 사람들도 있었다. 그들은 집요하게 문제점을 파고들었다. 가장 많이 화제가 되었던 부분은 제인이 고의로 침팬지에게 바나나를 공급해 줌으로써 야생에서 정상적으로 발생하는 침팬지들의 행동을 변화시켰다는 비판이었다. 인위적인 상황에서 침팬지들을 관찰한 제인의 연구는 진정한 과학적 연구가 아니라는 것이었다. 하지만 이런 비판은 받아들여지지 않았다. 곰베의 나무에는 과일이 무성하게 열리기 때문에 유인원들이 먹을 것을 찾는 데 전혀 문제가 없다고 결론이 났기 때문이다.

제인과 휴고, 반느는 기사의 성공을 즐길만한 시간적 여유가 없었다. 연구는 계속되었고 10월 11일에 제인은 굉장히 흥분되는 경험을 했다. 혼자서 캠프 주변을 두리번거리던 데이비드가 카세케라 계곡으로 향하는 것을 본 휴고와 제인은 함께 데이비드를 좇았다. 얼마 후 녀석은 숲 속에 앉았고 제인도 옆에 앉아 나뭇잎을 함께 먹었다.

"그때 야자수 열매가 눈에 띄었어요…… 데이비드가 좋아하는 거였어요. 그래서 열매를 손바닥에 올려놓고 녀석에게 내밀어 보았어요……그러자 데이비드가 내 선물에 경멸하는 눈빛을 보내더니 몸을 휙 돌려버리는 게 아니겠어요. 나는 녀석에게 손을 좀더 가까이 뻗었어요…… 그런데 불쑥 녀석이 몸을 돌려 열매를 향해 손을 뻗더라고요. 그리고 놀랍게도 내 손을 잡는 게 아니겠어요. 한 10초간 따뜻한 감촉을 느낄 수 있었어요. 그러더니 다시 손을 빼 열매를 흘끗 보더니 그것을 땅에 툭 떨어뜨리는 거예요." 제인이 말했다.

제인은 행복했다. 데이비드는 제인에게 안도감을 보여주었고 제인과 소통하려고 노력했다. 그녀는 침팬지를 열등한 동물로 더는 취급하지 않았다. 그들도 인간처럼 복잡한 의식과 감정이 있는 생명체였다. 제인은 그들의 행복을 위해 외부로부터 보호해 주어야겠다는 강한 책임감을 느꼈다.

1964년, 제인은 다시 케임브리지로 가야 했다. 대학 측은 제인이 지도교수와 잘 협력하여 논문을 완성해 학위를 취득하기를 바랐다. 제인은 핑계를 대며 돌아가지 않으려고 했는데 첫 번째 이유는 휴고였다. 제인은 그와 사랑에 빠졌고 처음으로 그 사랑은 일정 시간이 지나도 변치 않았다. 두 번째는 캠프를 믿고 운영할 만한 사람도 없는데 곰베를 비워 둬야 한다는 걱정 때문이었다. 휴고에게 곰베를 맡길 수는 없었다. 그는 곧 다른 임무 때문에 곰베를 떠나야 할 처지였다.

고민 끝에 제인은 케임브리지와 관련된 모든 걸 포기하고 곰베의 침팬지들을 떠나지 않기로 마음을 굳혔다. 그녀는 새로운 목표에 초점을 맞추고 싶었다. 곰베에 연구소를 세워 운영할 수 있는 재정적 방법을 찾아야겠다고 생각했다.

루이스도 연구소를 세우는 데 필요한 도움을 주겠다고 동의했지만 박사학위를 포기하는 것에는 반대했다. 루이스 박사는 제인이 하려는 것을 잘 이해했지만 박사학위 없이는 원하는 걸 성취하기란 힘겨울 것이라고 했다. 그래서 루이스 박사는 케임브리지의 힌드 교수에게 제인이 원하는 대로 스케줄을 조정해 줄 것을 요청했다.

그들은 제인이 케임브리지에 나와 아주 짧은 기간인 1964년 1월에서 3월까지만 공부하는 것에 합의했다. 그리고 침프랜드로 돌아가 그해 말까지 머물고 1965년 2학기에는 다시 대학에 다니며 논문을 완성하라는 제안을 했다.

또 제인이 케임브리지에 머무는 동안 영국의 식물학자 크리스토퍼 피로진스키가 곰베의 빈자리를 대신하기로 했다. 피로진스키는 곰베에서 식물학을 연구하면서 침프랜드를 원활하게 운영할 거라는 믿음을 주기에 충분한 인물이었다. 피로진스키 박사는 침팬지들에게 바나나를 공급하고 그들을 관찰하며 그곳에서 일어나는 모든 중요한 사항들을 다 기록해 놓기로 했다.

1963년 12월에 피로진스키 박사는 곰베에 도착해서 제인과 며칠 보내며 캠프 생활에 적응했다. 제인은 피로진스키 박사가 침프랜드를 잘 돌볼 것이라는 믿음이 생겼고 12월 15일에 휴고와 함께 나이로비로 떠날 때에도 마음이 편했다. 그곳에서 다시 제인은 케임브리지로 향했고 휴고는 나이로비에 남아 사파리 여행을 준비했다.

12월 26일 제인이 번머스의 집에서 가족과 함께 보내고 있을 때 휴고로부터 전보가 한 통 날아왔다.

나와 결혼해 줄래?
사랑하는 휴고가

제인은 즉시 그러겠다는 답장을 보냈지만 예비 신랑은 제인의 답장을 곧바로 받지 못했다. 그는 사파리 여행을 떠나서 나이로비로 온 전보를 읽는 데 5일이나 걸렸다. 신부의 서른 번째 생일을 며칠 앞둔 1964년 3월 28일, 두 사람은 결혼식을 올렸다.

결혼식을 준비하는 동안 제인은 2월 28일에 워싱턴 컨스티튜션 홀에서 강연도 해야 했다. 제인에게는 끔찍하게 느껴질 만큼 어려운 일이었지만 그럭저럭 잘 헤쳐나갔다. 그녀는 자신의 지식을 여러 사람과 공유하고 동시에 다른 사람의 경험을 얻었다. 또 3월 2일에 국립과학아카데미에서 한층 과학적으로 발전한 강의를 선보였다. 그러면서 계속해서 케임브리지에서 논문을 준비했다.

제인은 바쁜 일정을 소화하기가 몹시 벅찼다. 친구들에게 너무 지친 상태라고 하소연하기도 했다. 피로가 겹친 제인은 런던의 열대의학전문병원에서 검진을 받았다. 기생충에 감염

되었을까 봐 걱정이었지만 다행히도 그렇지는 않았고 신부는 결혼식을 무사히 마칠 수 있었다.

결혼식은 제인이 세례를 받은 런던의 첼시 올드 교회에서 치러졌다. 신부는 새하얀 드레스를 입고 신부 들러리들은 노란색 드레스를 입었다. 백합과 수선화로 치장한 피로연장엔 제인의 침팬지 친구들인 데이비드와 골리앗, 플로, 피피의 대형 컬러사진이 내걸렸다. 웨딩케이크 꼭대기는 점토로 만든 조그마한 데이비드 그레이비어드로 장식했다.

루이스 박사는 축하의 말이 담긴 녹음테이프를 딸과 손녀의 손에 들려 보냈다. 그리고 피로연에 전보 한 통이 도착했는데, 제인이 또다시 내셔널지오그래픽협회에서 수여하는 프랭클린 L. 버 상을 받게 되었다는 내용이었다. 상금은 2,000달러였다. 제인은 수많은 축하 인사를 받았다. 하지만 휴고와의 미래는 그리 밝아 보이지 않았다.

7
바나나 통
대소동

제인과 휴고는 네덜란드로 나흘간 신혼여행을 떠날 계획이었다. 하지만 여행은 곰베에서 날아온 소식으로 인해 단축되었다. 플로가 새끼를 낳았다는 것이다. 제인은 짝짓기 계절 내내 플로를 관찰했고 계속해서 플로가 임신을 하지 않았을까 하는 기대를 했었다. 그런데 피로진스키 박사가 임신 소식을 전보로 보내오자 이제까지 품었던 의문이 풀렸던 것이다.

1964년 4월 14일, 제인과 휴고는 서둘러 아프리카의 캠프로 돌아갔다. 제인은 플로의 갓 태어난 아기가 보고 싶어 안달이 날 지경이었다. 곧 그녀는 아기에게 플린트라는 이름을 지어 주었다. 제인은 플린트의 출생을 보지 못한 것이 못내 아쉬웠다. 피로진스키 박사의 말에 따르면 새끼는 태어나서 몇 주간은 거의 움직이지 않다가 제인이 도착하기 이틀 전부터 주변을 돌아다니기 시작했다고 했다.

"어쩌면 그렇게 작고 귀여운지, 홀딱 반했다니까요." 제인이 말했다.

제인은 침팬지를 관찰하면서 동시에 노트에 적다 보니 놓치는 것이 부지기수였다. 고심 끝에 소형 녹음기를 장만하여 노트에 적지 않고 음성으로 녹음을 했다. 덕분에 침팬지에게 눈을 떼지 않고도 관찰이 가능했다. 하지만 문제가 생겼다. 녹음 내용이 너무 많아 혼자서 타자를 치기는 무리였다. 조수가 필요했다.

결혼식을 올리기 전 제인은 루이스 박사에게 조수를 한 명 찾고 있다는 편지를 썼다. 〈내셔널지오그래픽〉에 실린 기사를 보고 조수로 써달라는 편지를 보낸 페루 출신 여성 에드나 코닝이 깊은 인상으로 남아 있었다. 코닝은 미국의 리드대학에서 심리학을 전공했는데 그녀에게 기회를 주기로 했다. 코닝이 곰베에 도착해 타자치는 일을 시작하자 제인은 그동안 혼자서 녹음한 것을 받아쓰느라 보낸 시간을 절약할 수 있었다.

제인과 휴고의 가장 중요한 임무는 캠프에서 침팬지들에게 바나나 공급을 조절하는 일이었다. 이전에는 바나나를 아무런 계획성 없이 캠프 주변 바구니에 놓아두었다. 시간이 지나면서 이것은 많은 문제를 유발했다. 침팬지들은 서로 바나나

휴고가 개코원숭이가 지켜보는 앞에서 카메라를 조종하고 있는 모습.
제인이 이 모습을 바라보고 있다. (1974년)

를 차지하려고 싸우기 일쑤였다. 또한 침팬지들은 자주 바나
나를 찾으러 캠프로 곧장 내려왔고, 바나나를 찾으러 마을을
급습했으며 손에 닿는 것은 모조리 망가트려 놓았다. 녀석들
은 의류와 침구를 씹어놓더니 곧이어 텐트와 의자, 침대까지

물어뜯었다. 제인과 휴고가 결혼식을 올리고 곰베로 돌아와 보니 의자 다리와 찬장이 그들의 습격을 받아 부서져 있었다. 마치 도둑이 한바탕 털고 간 것 같았다.

어부들도 침팬지들의 습격으로 피해를 입기 시작했다. 당연히 그들은 침팬지들이 오두막을 비롯한 살림살이를 부수는 걸 달가워하지 않았다.

제인과 휴고는 침팬지의 이런 행동이 인간과 침팬지 사이에 장벽을 쌓게 될 것을 우려했다. 그들은 재빨리 침팬지가 바나나를 포기할 다른 방법을 강구해야만 했다.

우선 그들은 바나나 놓는 위치를 캠프와 어부들의 오두막에서 멀리 떨어진 장소로 옮기기로 했다. 휴고와 제인은 800미터 정도 떨어진 새로운 장소를 찾아 그곳을 '릿지 캠프'라고 불렀다.

제인이 케임브리지로 출발하기 훨씬 전부터 바나나 먹이에 문제가 좀 있었다. 휴고는 나이로비에 간 참에 멀리서도 뚜껑을 열어 바나나를 나눠 줄 수 있도록 직접 디자인한 강철 통 열 개를 주문했다.

하지만 그들이 곰베로 돌아왔을 때까지도 강철 통은 도착하지 않았다. 그래서 임시방편으로 하산이 골함석을 이용해 바나나를 넣을 커다란 통을 만들었다.

어느 이른 아침, 제인은 새로 마련한 릿지 캠프에 바나나 통을 놓아두고는 침팬지들이 오기를 기다렸다.

옛 캠프에 있던 휴고가 소형 무전기로 연락을 취해 왔는데 수많은 침팬지가 아침 아홉 시에 그곳에서 바나나를 기다리고 있다는 것이었다. 휴고는 새로운 캠프로 침팬지들을 유인할 방법을 찾아보겠다고 했다.

휴고는 제인과 소형 무전기로 통화하면서 골함석 바나나 통 하나를 집어 들더니 주위에 있던 데이비드에게 흔들어 보였다. 데이비드가 관심을 보이자 휴고는 릿지 캠프를 향해 전속력으로 달리기 시작했다.

통화하는 도중에 일어난 일이라 제인은 그가 왜 갑자기 숨이 가쁜지, 어떤 부탁을 하는 건지 도통 이해할 수 없었다. 하지만 곧 캠프로 연결되는 길을 따라 바나나를 듬뿍 놓아두라는 말이라는 것을 알아들었다.

"나는 바나나를 한 아름 안고 휴고의 말에 따랐다. 때마침 휴고가 한쪽 겨드랑이 밑에는 바나나 통을 끼고, 다른 쪽 손에는 바나나 한 개를 들고 나타났다. 그는 손에 든 바나나를 세차게 던지더니 숨을 헐떡이며 내 옆에 쓰러졌다. 곧 그를 쫓아온 침팬지 무리가 길에 널려 있는 바나나를 보았다. 그러자 모두들 흥분해서 온통 비명을 지르며 얼싸안고 키스하며 서로 토닥여 주었다. 그들은 예상치도 못한 축전을 만끽하며 즐겼다." 제인이 적었다.

　며칠 후 다른 침팬지들에게도 이와 같은 방식으로 릿지 캠프를 알렸다. 릿지 캠프는 밀림 깊숙이 있었기 때문에 침팬지들도 그곳을 방문하는데 편안함을 느꼈다. 이 사건으로 인해 제인은 대여섯 마리의 침팬지를 더 알게 되었다. 이전에는 그들에 대한 자료가 없어서 거의 알 수 없었던 새로운 개체를 알게 된 것이다. 제인과 휴고는 위버개미나 모충 같은 침팬지들의 먹잇감을 새로 찾아내었다. 침팬지들은 무리를 지어 다니면서 손으로 흰개미를 낚아채어 잡아먹었다. 제인과 휴고는 침팬지들이 위버개미를 엄청나게 먹어대는 것을 보고 강한 인상을 받았다. 그래서 그들도 그 맛이 어떤지 먹어보았다.

　"위버개미는 굉장히 이색적인 맛이다. 이것을 열대의 진미로 알릴 방법을 찾아보면 어떨까." 제인이 적었다.

　하지만 아직 바나나 통 문제가 완전히 해결되지 않았다. 캠프 관리들은 이런저런 해결책을 줄줄이 내놓았다. 그러던 중 8월 10일에 휴고가 주문한 맞춤 강철 바나나 통이 도착했다. 강철 뚜껑이 달린 통을 릿지 캠프에 여러 대 설치했다. 이것은 철사와 레버를 이용하여 멀리서도 뚜껑을 열고 닫을 수 있었다. 이 강철통 덕분에 그들은 성공적으로 바나나 양을 조절해서 침팬지들에게 제공해 줄 수 있었다.

릿지 캠프는 침팬지들이 해변과 어부들에게 접근하지 못하도록 했을 뿐만 아니라 제인과 휴고에게 신혼생활을 즐길 수 있는 터전을 만들어 주었다. 그들은 그곳에 삶의 보금자리를 마련해 그들만의 특별한 작은 텐트에서 사치스러운 생활을 즐겼다.

비록 야생생활이라 하더라도 그들의 생활은 평범한 가정과 별다를 바 없었다. 아침에 일어나 식사를 준비하고 점심에는 함께 점심을 먹었다. 근처에는 새들이 먹이를 먹으러 모여들었다. 그곳에는 나란히 설치해 놓은 천막 욕실이 두 개 있었고, 목욕할 때 서로의 등을 밀어 주기도 했다.

저녁이 되어 부시벅들이 풀을 넘어 느릿느릿 걸어올 때가 되면 그들은 근처 개울에서 몸을 씻었고, 그 사이에 공원 관리가 저녁을 가져왔다.

제인은 계속해서 발전해 나갔고 새로 태어난 새끼들, 특히 플린트를 관찰하는 것이 가장 중요한 일이라 여겼다. 야생에서 이렇게 어린 새끼의 성장과정을 지켜보는 것은 이례적인 일이었다.

제인은 플린트가 첫걸음을 떼기 시작한 것과 첫 이빨이 난 것 등을 세밀하게 기록하며 어미인 플로가 어떻게 녀석을 기

곰베에서 새끼 침팬지에게 다가간 제인

르는지 자세하게 관찰했다.

플로는 너그럽고 놀기 좋아하는 성격으로 때로는 새끼인 플린트를 톡톡 다독여 주고 꼭 감싸 주었다. 플린트의 누나인 피피는 플로를 도와주면서 모성을 배우는 것처럼 보였다. 더러는 피피가 플린트를 돌보았고 함께 놀기도 했다. 이후 제인은 『침팬지와 함께한 나의 인생』이라는 자서전에 이렇게 적었다.

"침팬지는 인간과 같기 때문에 각자 독특한 개성을 지니고 있다. 그렇기에 내가 썩 마음에 들지 않은 녀석들도, 괜찮은 녀석들도, 정말로 마음에 쏙 드는 녀석들도 있다."

플로는 제인이 사랑한 침팬지 중 하나였고 플린트의 탄생과 더불어 플로의 가족은 연구의 중심이 되었다.

1964년 6월, 내셔널지오그래픽 직원인 조앤 헤스가 곰베로 왔다. 제인과 침팬지를 주제로 한 텔레비전 다큐멘터리를 촬영하기 위해서였다. 제인은 이 방문이 성가셨다. 헤스는 다큐멘터리의 원고와 촬영을 시청자의 흥미 위주로 만들고 싶어 했고, 이것은 제인의 연구를 방해했다. 제인은 어쩔 수 없이 3주간 카메라 앞에서 큐 사인에 맞추어 자세를 취하고 같은 행동을 반복해야만 했다.

제인은 내셔널지오그래픽협회와 우호적인 관계를 유지할 필요가 있었다. 루이스 박사의 노력으로 협회가 곰베 연구를 영구히 지원하기로 약속했기 때문이었다. 협회는 제인에게 1965년에만 총 13,500달러 정도를 보조했는데 이 중 10,000달러는 침팬지 연구에, 3,500달러는 연구소로 이용할 조립식 통나무집을 짓는 데 쓰였다.

1965년 2월 중순, 릿리 캠프에서 800미터 거리에 새로운 건물이 몇 채 지어졌다. 가장 큰 건물이 본관으로 커다란 작업실과 자그마한 기숙사 두 채로 구성되어 '팬 팰리스'라고 불렸다. 이것은 침팬지의 학명 '팬 트롤로다이트'를 따서 붙인 이름이다. 또 작은 건물 한 채는 제인과 휴고가 썼는데 이곳은 '라빅 오두막'이라고 불렸다.

  3월 초에 원거리에서 조절할 수 있는 바나나 통 30개가 설
치되었다. 제인은 이 지역을 공식적으로 '곰베스트림연구소'
라 칭했다.

  연구소를 설립해 운영하면서 제인과 휴고는 일시적으로 곰
베를 떠날 준비를 했다. 연구소에는 코닝 조수와 새로 뽑은
조수 소니아 아이비가 남기로 했다. 코닝과 아이비는 침팬지
를 관찰하는 임무를 맡았다.

  마사이 마라 게임 보호구역에서 짧은 휴가를 보낸 제인과
휴고는 탄자니아의 수도 다르에스살람으로 향했다. 그곳에서
제인은 탄자니아의 초대 대통령 줄리어스 니에레레 앞에서
강연을 했다.

  4월 11일, 그들은 다시 나이로비로 돌아와서 잠시 이별을
했다. 휴고가 내셔널지오그래픽에서 출간하는 동아프리카 동
물을 주제로 한 책에 실을 사진을 찍어야 하기 때문이었다.
이제 막 서른한 살이 된 제인은 케임브리지로 돌아가 그해 남
은 연구를 계속했다.

  제인은 곰베를 떠난 것이 슬펐다. 특히 최근에 새로운 암컷
침팬지 '마담비'가 나타났기 때문이다. 녀석은 어린 딸 '리틀
비'와 갓 태어난 '허니비'를 데리고 자주 바나나를 먹으러 캠
프에 나타났다.

"리틀비와 허니비의 소식을 듣고 싶어 미칠 지경이다. 다행히도 나 대신 그들의 행동을 기록할 사람이 있는 건 고마운 일이다. 그 기록은 영원히 남을 테니까." 제인이 적었다.

케임브리지대학에 돌아온 제인은 지칠 줄 모르는 사람마냥 논문 작업에 매진했다. 게다가 침팬지 연구와 그와 관련한 글도 많이 발표했다. 또 전 세계의 수없이 많은 과학 협회에서 발표할 주제를 준비했고, 기진맥진할 정도로 공부에 몰두했다. 한 친구가 말하기를, 제인은 더러 커피와 사과를 먹는 것 외에는 거의 아무것도 먹지 않았다고 했다.

7월 말쯤 건강이 악화되어 결국 빈혈과 작은 감염으로 병원에 입원하기에 이르렀다. 제인은 영국의 집으로 가서 며칠 푹 쉬었는데 몸이 회복되자마자 다시 협회에 참석코자 오스트리아로 향했다.

그러는 사이 루이스 박사는 케임브리지대학 측과 협상에 들어갔다. 박사는 제인의 지도교수를 만나 이미 제인은 과학적으로 중요한 관찰노트를 8,000페이지나 넘게 기록했으니 이것을 제인의 논문으로 대체해 줄 것을 요청했다. 루이스 박사는 제인의 관찰노트에 서문과 결론을 추가하는 것으로 박사학위의 필요조건을 채우게 해달라고 제안했고 힌드 교수는 이를 허락했다.

　루이스 박사가 협상을 진행하는 동안 휴고는 영국에서 제인을 만났다. 그들은 오스트리아에서 열리는 심포지엄에 동행했다. 가는 도중 살레(스위스 산중 양치기의 오두막집)에서 잠시 쉬었다가 오스트리아에 도착했다.

　이제는 제법 과학계에 이름이 알려진 제인은 동료와 이런 저런 이야기를 나누었다. 그러는 동안 휴고는 왠지 낯설고 소외된 듯한 느낌을 받았다. 제인은 남편이 자신을 질투한다고 여겼다.

　다음 날 저녁을 먹고 난 제인은 그가 혼자 침대에 누워 신경질적으로 담배를 피우는 모습을 보았다. 둘은 심하게 다퉜고 마음에 상처를 입은 제인은 몇 시간 동안 울었다. 처음으로 휴고와의 결혼생활을 지속하지 못할 것 같은 불안에 사로잡혔다.

　심포지엄이 끝나고 제인이 좀 한가해지자 휴고의 기분은 한결 나아졌다. 10월 11일경에 두 사람은 잠시 영국으로 가 시간을 보냈다. 얼마 후 휴고는 워싱턴에 있는 내셔널지오그래픽 본부로 출발했다가 다시 협회 측에서 후원하는 사파리 사진을 찍고자 나이로비로 향했다. 제인은 논문을 완성하기 위해 다시 케임브리지로 돌아갔다.

　12월 16일, 제인은 논문을 끝냈고 행복하게도 〈내셔널지오그래픽〉의 표지를 장식했다. 논문은 플로와 피피, 플린트, 그

리고 다른 침팬지들이 나란히 찍은 사진과 함께 실렸다. 이
제 제인은 유명인사가 되었다.

12월 22일에 CBS 방송국에서 〈미스 구달과 야생침팬지〉
라는 특별방송을 내보내자 제인은 훨씬 더 유명세를 탔다. 방
송이 나갈 때 제인은 나이로비에서 TV를 보고 있었던 것이
아니라 남편과 편안하게 잡담을 나누고 있었다.

제인이 유명세를 타자 새로운 비판이 나타나기 시작했다.
일부 사람들은 제인이 예쁜데다 반바지를 입은 늘씬한 모습
때문에 인기가 있는 거라고 떠들어댔다. 제인의 논문이 진정
한 과학적 연구가 아니라는 예전의 비판도 다시 수면 위로 떠
올랐다.

"제인 구달은 현재 전 세계적으로 침팬지 연구분야의 최고
권위자입니다." 내셔널지오그래픽협회 연구위원장인 레너드
카마이클이 말했다.

카마이클이 제인을 지지하고 나서자 몇몇 비평가들은 입을
꾹 다물었다.

2월 9일 논문이 통과되자 제인은 '구달 박사'라는 칭호를
얻었다. 이제 갓 박사가 된 제인은 2월 13일에 미국으로 날
아가 컨스티튜션 홀에서 열리는 강연에 참석했다. 처음으로
3,500석을 가득 메운 심포지엄이었다. 그곳에서 제인은 마

치 헤드라이트에 비친 사슴 같았지만 발표를 훌륭하게 잘해 냈다.

휴고와 반느도 내셔널지오그래픽의 초청으로 객석에 자리 했다. 휴고는 연이은 일정 내내 제인과 함께했다.

제인은 미국 전역 순회강연을 성공적으로 마쳤다. 스케줄에는 워싱턴에 있는 내셔널지오그래픽 본부 방문도 포함되어 있었는데, 그녀는 협회 측에 더욱더 많은 지원을 요청할 생각이었다. 보조금 관련 미팅은 처음 해보는 것이었다. 그녀가 협회를 방문하기 전에는 대부분 루이스 박사가 이 일을 도맡아 했기 때문이다. 하지만 이제부터는 자신의 권리를 당당히 내세울 수 있는 무게감 있는 과학자가 되어야 했다. 침팬지 연구를 위한 지원금과 평생 지속할 강연 업무 등에 스스로 나설 필요가 있었다.

8
침프랜드의
위기

1966년 5월, 제인과 휴고는 마침내 곰베로 돌아왔다. 그리고 곰베에는 다시 한번 변화가 생겼다. 코닝과 아이비가 그곳을 떠나고, 대신 나이가 좀 든 샐리 에버리가 왔다. 그녀는 캐롤라인 콜맨과 더불어 팬 팰리스에서 지냈다. 존 맥킨논은 릿지 캠프에서 약간 떨어진 곳에서 머무르며 곰베의 곤충을 연구했다. 그는 제인과 휴고보다 몇 달 더 먼저 도착해 있었다. 휴고의 형제 마이클도 곰베를 방문했다. 그들은 모두 제인과 휴고가 돌아온 것을 기뻐했다.

제인은 곧바로 침팬지들을 관찰하는 일상으로 돌아갔다. 그리고 얼마 안 있어 피피와 피건, 에버드와 같은 어린 침팬지들이 영특하게도 바나나 통의 잠금 고리를 빼는 방법을 알아내고 말았다. 나이 든 침팬지들은 꾀를 부릴 줄 몰라서 어린 것들이 바나나를 훔쳐오면 함께 나누어 먹었다. 하지만 피피와 피건, 에버드가 늘 바나나를 나누어 주는 건 아니었다. 더러는 어른 침팬지들이 자리를 뜨기를 기다렸다가 레버를 눌러 바나나 통을 여는 약삭빠른 짓을 하기도 했다. 결과적으로 이 세 마리 침팬지는 캠프나 주위 계곡에서 시간을 대부분 보냈다.

"우리는 이들의 행동을 보고 소름이 쫙 돋았다. 녀석들은 전보다 훨씬 더 으르렁거리며 치고받고 싸웠고, 캠프 주위를 하루에 몇 시간씩 어슬렁거리며 돌아다닌다. 이것은 전적으로 피피와 피건, 그리고 에버드 탓이다." 제인이 적었다.

제인과 하산은 잠금 고리 대신 마개로 대체하면 침팬지들이 더는 마개를 뺄 수 없을 거라 생각했다. 하지만 몇 달도 못 가서 녀석들은 마개를 여는 방법마저 터득했다.

제인은 기가 막히기도 하고 녀석들 행동이 기특하기도 했다. 하지만 이제 먹이 시스템을 새롭게 바꾸어야 할 때가 된 것 같았다.

제인은 바나나 통이 배터리로 작동해 잠기도록 해서 비상한 침팬지들이 바나나를 훔치지 못하게 했다. 기숙사에 장착된 제어판의 버튼을 눌러야만 열리는 전기 잠금장치였기 때문에 침팬지들이 더는 바나나 통을 열 수 없었다.

침팬지들은 한 번도 버튼을 누르는 것을 보지 못했기 때문

에 어떻게 조작하는지 알아내지 못했다. 기분이 좋아진 제인
은 새로운 시스템에 대해 "피피 같은 조그만 악마들을 약 올
리는 진정한 여우다!"라고 표현했다.

바나나 통 문제가 일시적으로 해결되자 제인은 내셔널지오
그래픽에서 제안한 곰베 생활을 주제로 한 책을 쓰느라고 몹
시 분주했다. 원고가 완성되자 우선 반느에게 보내 의견을 구
한 다음 최종적으로 편집자에게 보냈다. 그리하여 1967년
『내 친구 야생침팬지들』이 출간되었다.

또한 제인은 내셔널지오그래픽과는 별도로 자신이 쓰고 싶
은 책을 쓸 계획을 세웠다. 여러 출판사가 접근해 엄청난 금액
을 제시했다. 하지만 협회 측에서 제동을 걸었다. 일전에 제인
은 협회의 승인을 받아야 서적물을 출간할 수 있다는 조항에
서명을 한 적이 있었다. 제인이 협회의 기금에 의존하는 한 협
회는 제인이 다른 업자와 계약을 맺고 책을 출간하지 못하게
할 권리가 있었다.

그렇지만 제인은 언젠가는 이번에 추진했던 책을 쓸 날이
오리라는 희망을 버리지 않았다. 그래서 심지어 『인간의 그늘
에서』라는 제목까지 정해 놓았다. 하지만 제인이 이 책을 세상
에 내놓기까지는 한참을 더 기다려야 했다.

그해 여름 제인과 휴고는 폴크스바겐 버스를 타고 세렝게

티로 갔다. 휴고가 그곳 야생을 사진에 담기 위해서였다. 하지만 도착해 보니 평원 전체에 불이 번져 있었다. 살아남은 동물들도 거의 없는 것 같았다.

제인과 휴고는 말문이 막혀 느릿느릿 발걸음을 옮기고 있는데 허공에 커다란 새 한 마리가 보였다. 새를 쫓아가 보니 여러 종류의 독수리들이 알이 가득 찬 타조 둥지를 에워싸고 있었다. 그중 두 마리는 이집트대머리수리로 그곳에 모인 다른 독수리들보다 훨씬 더 몸집이 작은 종이었다. 큰 독수리들이 이미 깨진 알을 놓고 서로 먹겠다며 승강이를 벌이는 동안 이집트대머리수리 두 마리가 돌멩이를 부리에 물고 하늘 높이 솟아오르더니 아직 깨지지 않은 알 위로 떨어뜨렸다. 그러자 단단한 알 껍질이 부서지고 이집트대머리수리들은 축전을 즐겼다.

이것은 위대한 발견이었다. 그때까지만 해도 동물 중에서 오직 다섯 종만이 도구를 사용할 줄 안다고 알려졌었다. 첫 번째는 캘리포니아 해달로 누워서 수영하면서 가슴에 돌을 올려놓고 조개를 깨서 먹는다. 두 번째는 갈라파고스 딱따구리로 나뭇가지나 선인장 가시를 이용해 땅벌레를 찾아낸다. 세 번째는 모래나나니로 작은 돌멩이를 망치로 사용하고 네 번째는 바닷게로 방패막이로 톡톡 찌르는 바다 아네모네를

마담비

이용한다. 마지막으로 제인이 관찰한 침팬지다. 그런데 도구를 사용할 줄 아는 새로운 동물을 찾아낸 것이다.

"몹시 흥분해서 믿어지지가 않았다." 제인은 당시의 감정을 이렇게 적었다.

8월 26일, 제인은 새로운 발견에 대해 협회장인 멜빌 벨 그로스버너에게 전보로 알렸다. 얼마 안 있어 제인과 휴고는 독수리 사건에 대해 여러 편의 글을 썼다. 그중 하나는 1968년 〈내셔널지오그래픽〉 5월호에 게재되었다. 이번 관찰로 제인 구달 박사는 과학자들과 일반 대중에게 존경받는 인물이라는 것이 입증된 셈이었다.

같은 날 두 번째 전보를 치면서 제인은 침팬지 올리가 새끼를 낳았음을 알렸다. 협회장을 기리는 의미에서 그의 이름을 딴 그로스버너라고 이름 지었다고 했다. 하지만 그로스버너 탄생의 기쁨을 만끽하기도 전에 제인은 슬픔에 빠졌다. 태어나면서부터 녀석은 고통을 호소하듯이 비명을 질러대더니 목부터 마비증세가 나타나기 시작했다. 어미 올리가 아기를 데리고 나무로 올라갔다가 잠시 후 나무에서 내려왔다. 아기는 조용하고 미동도 하지 않았다. 죽은 것이다.

다음날 어미인 올리와 누이인 질카가 죽은 새끼의 시체를 안고 캠프로 왔다.

"말로는 표현할 수 없는 끔찍한 광경이었다. 그 악취는 사람이 몸져눕게 하기에 충분했다." 제인이 적었다.

제인은 어미와 슬픔을 함께 나누었다. 그러면서 다른 침팬지들이 걱정되기 시작했다.

11월에 제인은 질카의 허리가 마비된 것을 알아차렸다. 그러더니 플로의 큰아들 파벤과 마담비가 팔에 마비 증세를 보였다. 다른 침팬지들에게도 같은 증세가 나타났다. 여러 침팬지가 발이나 손을 질질 끌면서 밀림을 돌아다녔다. 올리도 다리를 절었고 데이비드는 한쪽 다리에 체중을 얹을 수가 없게 되었다. 소아마비가 곰베 침팬지들을 덮친 것이다.

소아마비는 인간과 침팬지에게 마비를 일으키는 전염성 질병이다. 소아마비의 원인이 되는 바이러스는 입을 통해 전염

파벤

되었다. 바이러스는 곰베와 키고마 마을 주민 사이에 퍼져 있었다. 침팬지들이 마을에서 버린 음식을 주워 먹고 바이러스에 감염되었을 가능성이 컸다.

제인과 휴고는 루이스에게 이 사실을 알려 소아마비 백신을 보내 달라고 했다. 곰베에 있는 사람들이 모조리 예방접종을 받자 제인과 휴고는 침팬지들에게도 약을 처방하기 시작했다.

백신은 바나나에 삽입하기로 했다. 제인은 어느 침팬지가 백신 바나나를 먹었는지, 복용량은 얼마나 되는지 등 백신 투여 과정을 도표로 만들었다. 하지만 백신은 효력을 발휘하지 못했다. 침팬지들은 여전히 질병에 노출되어 있었고 오히려 백신 투여가 마비를 더욱 부추겼다.

"악몽을 꾸는 것만 같다." 제인이 적었다.

전염병이라는 불가항력으로 인해 제인은 풀이 죽었다. 집에 보낼 편지를 쓸 기력조차 없었다. 다행히 소아마비 전염병은 진정국면에 접어들었고 12월 19일에 제인과 휴고는 잠시 휴식을 취하기 위해 나이로비로 갔다. 아주 기분 좋은 휴가는 아니었다.

1967년 1월 제인은 곰베로 돌아왔다. 소아마비 전염병으로 죽은 침팬지는 네 마리였다. 다섯 마리가 부분 소아마비에 걸렸고 나머지 침팬지들은 다행히도 무사했다.

제인은 소아마비 전염병 소동으로 녹초가 되었다. 게다가 임신 7개월인 제인의 심신은 더더욱 피폐해졌다. 제인과 휴고는 계속해서 임신 사실을 숨기며 친구들과 가족들을 놀래주려고 했다. 하지만 배가 점점 불러오는 터라 비밀을 유지하기 어려웠다.

12월 말, 나이로비에서 시간을 보내는 중에 제인은 그만 루이스 박사에게 임신 사실을 들키고 말았다. 박사는 곧 반느에게 이 사실을 말했다.

제인의 동생 주디는 영국 자연사박물관에서 함께 일하는 동료가 넌지시 이모가 되면 기분이 어떻겠느냐는 질문을 던졌을 때 제인의 임신 사실을 알아차렸다.

제인은 침팬지 어미와 새끼를 돌보며 수년간을 지내왔다.

그리고 이제 자신의 아기를 돌볼 생각에 한껏 부풀었다. 제인은 침팬지 어미들처럼 자신도 아기와 밀접하면서도 폭넓은 관계를 유지하고 싶었다.

당시 갓 태어난 아기들은 보통 산모들과 좀 떨어져서 지내는 것이 관례였다. 산모와 아기에게 출산의 고통에서 회복될 기회를 주는 풍습이었다. 하지만 침팬지의 경우 출산의 고통은 어미가 갓 태어난 새끼를 돌보는 데에 아무런 영향을 미치지 않았다. 제인은 인간도 마찬가지일 거라고 여겼다. 그래서 나이로비에 수소문해 출산 직후 산모와 아기가 함께 있게 해주는 작은 가톨릭 병원을 찾았다.

임신한 몸이었지만 그녀의 생활은 예전과 다름 없었다. 그녀는 휴고와 함께 응고롱고로 분화구에서 맹금류를 연구하며 시간을 대부분 보냈다. 이곳에서 나이 든 이집트대머리수리가 부리로 작은 돌멩이를 집어서 단단한 타조 알을 향해 던져 알을 깨트리는 장면을 목격한 일이 있었다. 하지만 어린 것들은 타조 알 껍데기를 부리로만 쪼아대고 있었다. 이 장면을 보고 제인은 어린 이집트대머리수리는 나이 든 새들의 행동을 지켜보면서 돌멩이를 도구로 사용하는 방법을 배우고 그 행동을 흉내 낸다고 생각했다.

분화구에서 보내던 어느 날 밤, 휴고와 제인은 아주 특별한 동물과 마주쳤다. 주위를 배회하던 사자들이었다. 당시 그들은 사무실로 사용하는 텐트에 앉아 있었는데 텐트 한쪽이 열려서 바람에 펄럭이고 있었다.

거의 어두워진 상태라 직원 두 사람이 주위에 아주 밝은 가스 랜턴을 켜 놓고 일하는 중이었다. 그들의 지프 랜드로버가 텐트 근처에 주차되어 있었다. 항상 일어날 수 있는 긴급사태를 대비해서 가까이 세워 놓은 것이었다. 그때 직원 두 사람이 사자를 발견했다. 제인과 휴고는 아직 사자를 보지 못한 상태였다.

한 남자가 휴고에게 알리려고 비명을 지르며 사자를 향해 플래시 불빛을 비추기까지 했지만 휴고는 무슨 뜻인지 알아듣지 못했다. 그래서 텐트의 문단속은 고사하고 오히려 무슨 일이 있나 알아보려고 밖으로 나갔다. 곧바로 휴고는 20미터도 채 안 되는 거리에서 슬금슬금 다가오는 사자와 정면으로 부딪쳤다. 즉시 그는 텐트로 돌아가 제인을 데리고 서둘러 랜드로버로 돌진했다.

하지만 또 다른 사자가 랜드로버로 가는 길목에 떡 버티고 서 있었다. 하는 수 없이 제인과 휴고는 텐트로 돌아와서 횃불을 밝혔다. 혹시나 사자들이 밝은 빛을 싫어하기를 희망하면서 말이다. 주방 텐트에 숨은 직원들이 사자가 지프로 향하는 제인과 휴고의 길목을 차단하고 서 있는 광경을 목격했다.

그들은 라디오 볼륨을 올리고 냄비와 접시를 탕탕 치며 사자들의 정신을 마구 흐트러뜨렸다. 이것은 효과가 있었다. 휴고는 텐트의 지퍼를 다시 열었는데 랜드로버 바로 옆에서 세 번째 사자의 재채기 소리를 들었다.

직원들이 있는 방향에서 텐트가 찢기는 소리가 들려왔다. 휴고와 제인은 그들이 사자의 공격을 받았을까 봐 걱정이 되었다. 필사적으로 그들은 종이뭉치에 불을 붙여 사자들에게 던졌다. 바로 그때 자동차 문이 '쾅' 하고 닫히는 소리가 들렸다. 다행히도 직원 두 명이 안전하게 랜드로버에 올라탄 것이 확실했다.

사자 세 마리는 주방 텐트를 파헤치기 시작했다. 지금이 제인과 휴고가 랜드로버로 달려갈 기회였다. 그들은 지프를 향해 내달렸다. 안전하게 지프에 올라탄 그들은 사자들에게 차를 몰아대며 그들을 쫓아내려고 안간힘을 썼다. 그런데 사자들은 지프를 재미나는 놀이로 생각하는 모양이었다. 한동안 녀석들은 지프에 반응하며 뛰어올랐다가 왈칵 덤벼들었다가를 반복했다. 가까스로 휴고와 제인은 사자들을 몰아내는 데 성공했다.

기진맥진하여 지프 방향을 돌려 캠프로 돌아왔는데, 맙소사! 주방 텐트에 불이 붙어 있는 게 아닌가. 사자들을 쫓아내려고 종이뭉치에 불을 붙여서 던진 것이 텐트로 불씨가 옮겨

붙은 모양이었다. 다행히 차에 소화기가 있어 그것으로 불을 끌 수 있었다.

사자에게 찢기고 불에 탄 텐트에서는 잠을 잘 수 없었다. 그들은 필수품을 대충 챙겨서 근처에 있는 작은 오두막으로 차를 몰았다. 얼마 전까지 젊은 부부가 살았는데 텅 비어 있는 상태였다. 남은 여정은 단단한 벽이 보호해 주는 그 집에서 보낼 생각이었다.

그런데 막상 오두막에 도착해 보니 덩치가 크고 검은 갈기를 한 수사자가 베란다에 서 있는 것이 아닌가! 게다가 암사자 한 마리는 오두막 뒤에서 갓 잡은 영양을 뜯어 먹는 중이었다.

제인과 휴고는 수사자가 떠날 때까지 속수무책으로 기다려야만 했다. 수사자가 슬금슬금 어둠 속으로 모습을 감추자 그들은 암사자 몰래 오두막 안으로 살금살금 들어갔다. 제인과 휴고는 곧바로 문을 잠갔고 아프리카 직원들도 근처 주방문을 잠갔다. 긴장감의 연속이던 밤이 지나고 제인과 휴고는 안도의 숨을 내쉬었다. 그들은 이런 경험 끝에 태어난 아이의 이름을 '심바'로 지었어야 했다고 농담하곤 했다. '심바'는 스와힐리 어로 사자라는 뜻이다.

9
탄생과
이별

1967년 2월 말, 제인과 휴고는 다시 나이로비로 돌아와서 출산 준비를 했다. 그들은 데본 호텔에 묵다가 외곽으로 30킬로미터쯤 떨어진 리무르 마을에서 지붕을 기와로 얹은 돌집을 찾아냈다. 전망이 좋고 정원이 멋진 집이었다. 또 아름다운 발코니가 있어 제인이 앉아서 바느질하기에는 안성맞춤인 곳이었다. 물론 제인은 바느질과 같은 전통적인 여성 취미에는 관심이 없었지만 어쨌든 부부는 이 집을 구입했다.

3월 4일 새벽 두 시경 진통이 시작되었고 오전 9시 45분에 사내아이가 태어났다. 야간근무 간호사는 휴고에게 진통이 훨씬 더 오래갈 테니 잠 좀 자고 오라고 권했다. 그 바람에 그는 아기의 탄생을 놓치고 말았다.

병원에서 아기를 옆에 있게 해주자 제인은 몹시 흥분한 상태였다. 그런데 결국 직원의 저지로 제인은 아기와 같은 방을 쓸 수 없게 되었다. 제인은 크게 실망했다. 침팬지를 연구하면서 제인은 어미와 새끼의 초창기 유대관계가 중요하다는 사실을 배웠다. 그녀는 태어난 아들과 함께 감정을 공유하고 싶었으나 결국 기회를 얻지 못했다.

전통적으로 남편의 가문인 반 라빅 가문은 첫 아들에게 휴고라는 이름을 지어 주었다. 하지만 제인은 아기에게 에릭 삼촌과 루이스 박사의 이름을 붙여 주고 싶었다. 그래서 두 사람은 아기에게 '휴고 에릭 루이스 반 라빅'이라는 긴 이름을 붙여 주었다.

아기가 태어났다 해도 제인은 곰베 연구를 포기할 의향이 전혀 없었다. 하지만 갓 태어난 아기를 데리고 정글로 들어갈 수는 없었다. 제인 가족은 병원에서 퇴원해 4월 2일까지 다시 데본 호텔에 머물다가 리무르의 집이 준비를 마치자 그리로 옮겼다.

제인은 계속해서 침팬지 연구로 바쁜 나날을 보냈다. 새로운 비서 겸 새로 시작되는 연구를 보조해 줄 패트릭 맥긴니스 면접도 보았다.

새집으로 옮긴 후, 빅 휴고(아들과 구분하기 위해서 그녀는 남편을 이렇게 불렀다)는 곰베로 돌아가 맥긴니스에게 해야 할 일을

일러주고 연구소의 전반적인 일을 보살폈다. 며칠 후 제인은
리틀 휴고를 데리고 영국의 버치스 집으로 향했다. 그곳에서
리틀 휴고는 외할머니와 친척들을 만났다. 5월 5일, 리틀 휴
고는 엄마 아빠가 결혼한 교회에서 세례를 받았다.

　1967년 6월, 제인은 아기를 데리고 나이로비로 돌아와 리
무르 집으로 향했다. 집에 도착해보니 빅 휴고가 보낸 꽃이
집안 한 가득이었다. 아기와 함께하는 생활은 제인이 예상했
던 것과 거의 비슷했다. 리틀 휴고는 시도 때도 없이 우는가
하면 얼굴에 평화를 머금은 채 수시로 잠을 잤다.

　6월 말이 되자 제인은 아기를 데리고 곰베로 향했다. 곰베
에서는 밤에 야생동물들이 아기를 습격할 경우를 대비해 제
인과 휴고가 쓰는 '라빅 오두막' 안에 미리 강철 우리를 설치
해 놓았다.

　제인은 침팬지들이 더러 개코원숭이 새끼를 먹는다는 걸
알고 있었다. 하지만 그들이 인간 아기를 먹는지 안 먹는지를
테스트할 생각은 추호도 없었다. 밝은 파란색으로 칠하고 천
장에 새와 별 그림을 매단 우리는 리틀 휴고와 제인은 물론
접이식 침대와 유모차, 의자까지 들어갈 만큼 크고 넉넉했다.
일부 사람들은 제인이 위험한 환경에서 아이를 기른다고 비
난하며 이 특별한 우리는 문제를 일으킬 거라고 수군거렸지

만 제인은 이런 비난을 무시했다. 제인은 아들과 떨어져 살 마음이 추호도 없었다.

제인은 남편과 아이의 이름이 같아서 서로 구별해서 부르기가 여간 난감한 게 아니었다. 아이는 더욱 헷갈렸다. 그래서 제인은 아들에게 '그럽린'이란 닉네임을 붙여 주고 이를 줄여서 '그럽'이라고 불렀다.

그럽은 몹시 이색적인 삶을 살았다. 그는 제인 곁에서 어린 시절을 대부분 보내며 영국에서, 리무르에서, 또 곰베의 밀림에서 자라났다. 제인과 휴고는 곰베의 야생 친구들로부터 그럽을 안전하게 보호하기 위해서 특별한 예방책을 준비했다. 그럽이 아장아장 걷기 시작하자 우리로는 부족해서 침팬지들이 자주 출몰하지 않는 해변에 새집을 지어 이사했다. 발코니에도 우리를 설치해 그럽은 그곳에서 안전하게 놀 수 있었다.

그럽이 태어나자 제인은 현장에 나가는 횟수를 좀 줄여 엄마 역할에 최선을 다했다.

"주위에서 해주는 여러 충고에 귀를 기울였다. 친정 엄마도 조언해 주었고, 육아전문가 스파크 박사도 도움을 주었다. 그리고 플로의 말도 들어야 했다. 그중 어느 것이 내게 맞는 방식인지 선택해야 했다." 제인이 적었다.

제인은 임신했을 때 주위의 침팬지 어미들을 자세히 관찰해 두었다. 어미 침팬지 중에서도 특히 플로는 제인이 그럽을 키우는 방식에 영향을 많이 주었다.

제인은 애정과 참을성이 많은 플로가 어떻게 새끼들을 돌보는지, 어떻게 하길래 플로의 새끼들이 유독 어른들과 좋은 관계를 유지하고 무리에 성공적으로 적응하는지를 유심히 살폈다.

'패션'이라는 침팬지는 새끼에게 무척 가혹했을 뿐만 아니라 잘 돌봐주지도 않았다. 패션의 어린 새끼들은 늘 긴장하고 어른들과도 불편한 관계를 유지했다. 제인은 그럽을 키우면서 이 본보기를 마음에 새겼다.

"침팬지들의 양육법 관찰이 내가 더 좋은 엄마가 되는 데 큰 도움이 되었다는 건 두말할 나위가 없다." 제인이 적었다.

현장에 나가는 일이 줄어드니 아무래도 행정적인 업무를 좀더 세밀하게 수행할 수 있었다. 제인은 논문과 기사를 쓰고 자금 요청을 하는 등의 일과로 분주한 나날을 보냈다.

곧이어 캠프에 새로운 연구원들이 도착했다. 침팬지 연구원 패트릭 몰맨과 게라 텔레키, 루스 데이비스, 개코원숭이 연구원 랜섬 부부 등이었다. 추가로 다른 방문객들도 곰베로 왔다. 이중에는 앞으로 제인과 큰 인연을 맺게 되는 탄자니아의 농무부 장관 데릭 브라이슨도 끼어 있었다. 하루하루 활력이 넘치고 흥분되는 날들이었다.

이후 몇 년간은 제인과 휴고에게 시련의 시기였다. 1968년 초, 치명적인 유행성 독감이 곰베를 휩쓸었다. 제인과 휴고는 당시에 그곳에 없었지만 일주일에 두 번씩 무선전화로 곰베에 연락을 취했다. 그들은 남다르게 애정을 쏟은 데이비드 그레이비어드가 이 전염병에 걸려 죽었다는 소식을 접했다. 제인은 망연자실했다.

"데이비드가 죽었다는 사실을 도저히 믿을 수가 없다. 이런 글조차도 쓰고 싶지 않다." 제인이 적었다.

생각보다 많은 침팬지가 죽었다. 어린 새끼들도 대여섯 마리나 잃었다. 제인의 오랜 친구 플로는 1968년 7월에 딸 플레임을 낳았지만 슬프게도 다음해 2월에 전염병의 희생양이 되었다.

또 다른 문제도 발생했다. 바나나 먹이 시스템을 정밀 검사할 필요가 있었던 것이다. 바나나는 이삼일 간격으로 공급되었고 대략 침팬지 서른여섯 마리가 일상적으로 바나나를 먹으러 캠프에 왔다. 그런데 바나나를 좋아하는 일부 개코원숭이들이 캠프에서 떠나지 않고 꾸물거리기 시작했다. 이로 인해 침팬지들과 개코원숭이들 사이에 종종 싸움이 일어났다. 더러 주변에 연구원들이 있기도 했는데 개코원숭이들은 돌멩이로 위협하는 텔레키 같은 덩치 큰 사람은 두려워했지만 데이비스처럼 호리호리한 사람은 무서워하지 않았다.

카세케라 지역에 앉아 있는 침팬지 마이크

어느 날 개코원숭이가 데이비스를 공격했다. 다행히도 그녀는 팔꿈치에만 상처를 입었으나 제인은 바나나 먹이를 줄이는 문제를 고심하기 시작했다.

침팬지 연구와 관련된 것 외에도 제인 부부는 다른 어려움에 봉착했다. 그들에게 재정적인 문제가 발생했던 것이다. 그들이 쓰는 개인적인 경비는 휴고가 1967년 중반에 저술을 시작한 『이노센트 킬러스』의 선인세에 의존하고 있었다. 하지만 그 돈은 금방 바닥이 났고 원고는 더디게 진행 중이었다.

1968년 크리스마스는 참으로 냉혹했다. 그들의 크리스마스트리는 빈약하기 이를 데 없었다.

이런 상황을 헤쳐 나가기 위해 제인은 휴고의 책 쓰는 일을 도왔다. 그리고 출판사의 허락을 받아 한 장(章)은 자신이 직접 쓰기로 하고 원고의 많은 부분을 맡았다. 이 책은 남편과 아내의 합작품이 되었다. 또 제인은 휴고가 찍은 그럼의 사진을 실은 아동용 책을 저술했다. 이 수입으로 경제적 고통은 한결 덜 수 있었지만 책을 집필하느라 제인은 계획한 프로젝트를 제대로 감당하지 못했다.

1969년 7월 13일에 불어 닥친 시련은 최악이었다. 제인의 연구원 데이비스가 비극적인 사고를 당했던 것이다. 데이비스는 '마이크'라는 침팬지를 관찰 중이었는데 그날 밤 캠프로 돌아오지 않았다. 사람들이 다 동원되어 수색 작업이 이루어졌다. 심지어 어부들도 함께 발 벗고 나섰다. 하지만 엿새 동안 그녀는 나타나지 않았다. 결국 7월 19일, 캠프에서 남쪽으로 꽤 떨어진 카하마 계곡의 폭포 밑에서 그녀의 시신이 발견되었다.

제인은 데이비스의 죽음에 큰 충격을 받았다. 침팬지 연구소가 아니었더라면 데이비스가 굳이 곰베에 올 일이 없었을 거라는 생각에 그녀는 죄책감마저 느꼈다. 이 비극은 연구소의 정책적인 변화를 가져다 주었다.

학생들은 직원과 동행하지 않고는 현장에 나갈 수 없다는 방침을 세웠고, 강력하게 시행 되었다.

"만약 데이비스가 그렇게 혼자 나가지만 않았어도, 적어도 함께한 일행이 우리에게 와서 그녀의 상황을 알려 주었을 것이다. 그래서 이번 기회에 힐라이 마타마, 에솔롬 마폰고, 하미시 마코노, 야하야 아라마시 외에도 현지 직원들을 많이 채용했다." 제인이 적었다.

이 시기에 곰베의 침팬지들에게도 변화가 일어났다. 자연에서 우두머리는 강력한 존재로 그 사회의 모든 것을 좌지우지한다. '마이크' 라는 침팬지는 우두머리로, 다른 침팬지들은 그에게 존경과 경의를 표했다. 하지만 마이크도 점점 나이가 들어 털은 얇고 희미해지고 이빨도 빠졌다. 그러자 플로의 아들 피건이 마이크를 무시하기 시작하더니 에버드도 그렇게 하도록 조장했다. 또 피건의 형제 파벤도 마이크를 배반했다. 파벤은 친구인 험프리에게도 마이크를 무시하도록 조장했다. 험프리는 덩치가 크고 호전적인 골목대장이었다. 결국 파벤의 도움으로 험프리는 마이크에게 도전해 승리를 거두고 무리의 우두머리가 되었다. 하지만 험프리는 얼마 못 가서 우두머리 자리를 잃었다. 다시 피건과 에버드가 우두머리 자리를 놓고 경쟁했기 때문이다.

"휴고와 나는 결국 피건이 우두머리가 될 거라고 예측했다…… 피건이 에버드보다 더 똑똑할 뿐만 아니라 큰 무리의 지지를 받고 있었다. 아마도 피건 주위의 침팬지들은 모두 그를 우두머리로 여기고 있을 것이다." 제인이 적었다.

1970년 7월에 피건과 파벤은 에버드와 위험한 싸움을 벌였다. 힘을 합친 형제는 에버드에게 심각한 상처를 입혔고 그 결과 피건은 권력가가 되었다. 곧 피건은 험프리를 제거할 기회가 왔음을 직감했다.

"파벤의 비호를 받는 피건은 여전히 험프리에게 도전 중이에요." 1973년 2월 8일, 제인은 가족에게 편지를 썼다.

험프리는 점점 더 나이를 먹었지만 그럴수록 더욱더 강해졌다. 피건은 두뇌를 썼다. 혼자 있을 때는 험프리한테 상대도 되지 않기 때문에 피건은 파벤이 주위에 있을 때만 험프리에게 도전했다. 이런 공격이 대여섯 번 반복되자 험프리는 녹초가 되어 피건을 제압하지 못했다. 이렇게 해서 마침내 피건이 우두머리 자리를 차지하게 되었다.

제인이 침팬지 집단에서 일어나는 권력 쟁탈전을 목격하고 기록하는 데는 수년이 걸렸다. 그런데 1970년에 그녀는 성격이 다른 쟁탈전에 휘말렸다. 내셔널지오그래픽협회의 경영진들이 곰베의 연구를 더는 전액 지원할 수 없다고 통

에버드와 파벤, 피건, 휴고가
갓 태어난 아기 침팬지 옆에 나란히 앉아 있다. (1974년)

보해 온 것이다. 내셔널지오그래픽은 매년 4만달러씩 지원
해 오던 금액을 2만5000달러로 삭감했다. 그들은 협회가 제
인을 유명하게 만들어 놨으니 이제는 제인 스스로 다른 곳
에서 자금을 지원받아야 한다고 주장했다. 또 지원금을 삭
감하지만 연구소 예산은 앞으로도 똑같이 운영되어야 한다
고 통보했다. 결국 제인과 휴고의 급여가 삭감된 셈이었다.
이에 대한 응답으로 제인은 협회에서 급여를 받지 않는다
면 자신과 휴고는 곰베에만 전적으로 매달리지 않겠다고
통보했다.

지원금 삭감의 긍정적인 측면도 있었는데 그것은 제인이 곰베를 보호하고 발전시킬 다른 기회가 생긴 점이었다. 지원금이 줄었다는 건 곰베에 미치는 내셔널지오그래픽협회의 영향력도 그만큼 줄었다는 것을 의미했다.

제인과 친분이 있는 스탠퍼드대학의 정신과 학장 데이비드 A. 햄버그 박사가 1968년 여름에 곰베를 방문했을 때 제인은 박사와 재정적인 문제에 대해 토론했다. 그는 제인에게 보조금을 받을 수 있는 자격을 갖춘 연구원과 대학원생들을 곰베에 보내 연구에 도움을 주겠다고 했다. 또한 햄버그 박사는 침팬지 발전과 관련된 과학 영화를 제작할 기금 마련을 위해 국립아동보건인간개발연구소에 후원금 요청을 해보겠다고 했다.

제인과 박사는 스탠퍼드와 곰베 사이에 공식적인 자매결연을 추진해 1970년 말 거의 완성단계에 접어들었다. 또 햄버그 박사는 다르에스살람대학과의 자매결연도 중개했다. 마지막으로 박사는 윌리엄 T. 그랜트 재단에서 곰베에 매년 자금을 보조하도록 도왔다. 이 재단은 햄버그 박사가 진행하는 '스탠퍼드 아웃도어 영장류 연구'를 지원하는 단체였는데 제인은 박사의 이 연구를 '곰베 웨스트'라고 부르기를 더 좋아했다.

새로운 제휴로 말미암아 제인은 탄자니아의 다르에스살람대학에서 강연을 했다. 스탠퍼드에 정기적으로 강연을 나갔고 그곳 연구에도 참여했다. 하지만 그녀의 영원한 근거지는 여전히 곰베였다.

제인은 곰베를 구한 햄버그 박사와 그랜트 재단에 깊이 감사했다. 자금 문제가 해결되자 오래도록 계획해 온 책을 저술하는 일에 관심을 돌렸다.

1970년 4월, 제인은 세 살 난 그럽을 데리고 영국의 집으로 돌아가 아들이 친정 식구들과 친밀감을 형성할 수 있도록 배려했다. 그리고 『인간의 그늘에서』의 집필에 들어갔다. 출판사는 책에 대한 선인세로 10만 달러나 되는 거액을 지급했지만 그 돈은 제인의 삶을 의미 있는 방식으로 변화시키지는 못했다. 인세의 대부분은 그럽을 위해 신탁에 넣어 두었기 때문이다. 그러니 제인은 계속해서 같은 생활고를 겪을 수밖에 없었다.

제인은 책을 쓰는 일을 빠르게 진행해 7월에 그럽과 다시 아프리카로 돌아올 무렵엔 마지막 장을 제외하고는 거의 완성해 놓은 상태였다. 얼마 후 그녀는 완성된 원고를 출판사에 보냈다. 1971년 마침내 『인간의 그늘에서』가 영국과 미국에서 판매되었다.

『인간의 그늘에서』는 제인의 어느 작품보다 일반 대중에게 강력한 인상을 심어 주었다. 4년 전 내셔널지오그래픽이 출간한 『내 친구 야생침팬지들』은 협회 사람들에게만 판매했지만 『인간의 그늘에서』는 일반 독자들에게도 판매해 큰 반향을 일으켰다. 길들지 않은 동물들과 야생에서 사는 여성의 이야기, 현대판 타잔에 견줄 만한 모험 이야기는 일반 독자들의 재미와 호기심을 충족시키기에 충분했다.

1972년, 곰베 연구소에는 많은 변화가 생겼다. 그즈음 제인은 거의 쉬지 못했다. 스탠퍼드 학부 학생들이 영장류 연구를 하러 곰베로 왔고 곧이어 다르에스살람대학 학생들도 들이닥쳤기 때문이다. 게다가 대학원생인 앤 퓨지, 미치 한케이, 리처드 랭엄 등도 들어왔다. 또 캠프는 현지 현장 조수 다섯 명, 침팬지 전문가 다섯 명, 개코원숭이 전문가 등으로 더욱 북적거렸다. 이들은 영어를 쓸 줄 몰랐고 공식적인 과학 교육도 거의 받지 못했지만 일에 적합한 가치관과 능력을 갖춘 사람들이었다.

"내 일상은 이제 기본 패턴이 정해져 있다. 초창기의 화려한 고독은 이제 영원히 사라졌다. 종종 그때로 돌아가고 싶다는 생각이 간절하다. 하지만 이건 완전히 이기적인 생각이다. 이제 나는 내 손으로 흥분되는 정보를 수집하지 못한다. 우리는 학생들과 현장 직원들의 노력으로 정보를 얻는다." 제인이 적었다.

곰베의 규모가 커지는 것처럼 그럽도 점점 자라났다. 다섯 살이 된 그럽은 매일매일 해변에서 수영을 하거나 자연 속에서 걷고 뛰놀며 자라났다. 아프리카 직원 자녀들이나 근처 마을 아이들과 놀기도 했다.

그러나 밀림에서 아이를 기르는 데는 좀 문제가 있었다. 자연과 더불어 성장하긴 했지만 그럽은 엄마처럼 동물들과 편하게 지내지는 못했다. 아이는 개코원숭이한테 공격당하는 악몽에 자주 시달렸고 무시무시한 독사들과도 수시로 맞닥뜨렸다.

한번은 제인이 그럽에게 플라스틱 바나나 장난감을 건네주며 플린트에게 주라고 한 적이 있었는데 플린트가 갑자기 그것을 빼앗아 달아났다. 잠시 후 플린트가 다시 오더니 그럽의 손을 물어뜯었다. 그럽은 그 이후로 다시는 침팬지들에게 가까이 가려고 하지 않았다.

제인 가족이 연구소에서 생활하는 한 그럽은 정규 초등학교에 입학할 수 없었다. 근처에는 그럽이 갈 만한 학교가 없었다. 제인은 그럽을 통신교육 학교에 등록시켰다. 학습내용을 우편으로 받아서 제인이 그럽을 가르치는 프로그램이다. 그럽을 공부시키려고 매일 그와 씨름하는 것은 마치 전투와도 같았다.

"그럽이 변덕만 부리지 않아도 학과 과정을 빨리 끝마칠 수 있을 거예요. 그런데 두 시간 동안 앉아서 '그러면 안 돼, 자이거 해 봐'라고 말하는 게 고작입니다. 공부하려고 겨우 몇분 앉아 있으면서도 그 애는 하품만 푹푹 하고 있답니다!" 1972년 3월, 제인은 가족에게 편지를 썼다.

모든 면에서 제인은 점점 더 성공가도를 달렸다. 그녀는 여러 편의 논문을 발표했고 강연도 나갔다. 『인간의 그늘에서』는 미국과 영국에서 베스트셀러 목록에 올랐고 47개 언어로 번역되어 나갔다. 전 세계 저명한 과학자와 예술가협회인 미국인문과학학술원에 선정되기도 했다. 당시 제인은 이것이 무슨 의미인지 몰랐다.

"난 아직 그것이 얼마나 뜻깊은 일인지는 잘 모르겠으나 지독히도 영예롭게 여긴다!" 그녀가 적었다.

반면 휴고도 야망이 큰 사람이었으나 그의 성공은 제인에 비해 상대적으로 미약한 것이었다. 그가 출간한 『이노센트 킬러스』는 말 그대로 제인의 『인간의 그늘에서』의 그늘에 묻혀 버리는 신세가 되고 말았다.

내셔널지오그래픽협회는 풀이 죽은 휴고의 기분을 더 망쳐 버렸다. 협회 측은 휴고가 곰베에서 찍은 사진과 영화에 대한 권리를 주장하면서 그가 제인과 곰베를 주제로 다큐멘터리를 찍는 것을 허가하지 않았다. 협회는 또 플로와 그 가족을 주제로 한 새로운 다큐멘터리도 허가해 주지 않았다. 심지어는 개인적 용도로 곰베에서 사진을 찍게 해달라는 휴고의 요청도 거부했다.

휴고와 제인의 관계는 점점 불편해졌다. 동물에 대한 관심만 빼고는 함께 공유하는 것이 거의 없었다. 두 사람도 이 사실을 인식하기 시작했다.

제인은 클래식 음악과 시를 좋아했지만 휴고는 별반 관심이 없었다. 제인은 신앙이 있었지만 휴고는 그렇지 않았다. 그럽이 하나님에 대해 물어왔을 때 휴고는 제인의 감정은 전혀 고려하지도 않은 채 하나님에 대해 비아냥거리는 말까지 했다. 그의 이런 반응에 제인은 심한 상처를 입었다. 더욱이 제인은 휴고가 과학자인 자신의 직업에 관심이 없을뿐더러 자신의 성공을 전혀 기뻐하지 않는다고 느꼈다. 삶을 재정비할 필요가 있었다.

제인과 휴고는 별거하기로 합의했다. 얼마 후 휴고는 세렝게티로 떠났고 제인은 그럽과 함께 곰베에 남았다.

이제 제인은 하루 종일 혼자서 그럽을 돌보며 침팬지 연구를 계속해야 했다. 제인은 수컷 침팬지도 새끼를 맹목적으로 사랑하지만, 그래도 침팬지 세계의 가장 강력한 유대는 어미와 새끼 관계라는 사실을 알고 있었다.

그해 여름, 플로가 병약해지자 제인은 사적인 문제는 뒤로

하고 플로에게 전념했다. 플로는 거의 오십이 다 되어 이빨은 닳아 잇몸만 남았고 털은 점점 가늘어졌다.

"플로는 완전히 해골 같아요. 이제는 대부분 누워 있기만 해요." 제인은 가족에게 편지를 썼다.

8월 셋째 주에 플로는 물이 맑은 개울가에 쓰러져 죽어 있었다. 플로의 아들 플린트는 그저 멍하니 플로의 주검을 바라만 보았다. 플린트는 마음이 찢어지게 아픈 듯했고 제인 또한 마찬가지였다.

"플로의 죽음이 임박했다는 건 알고 있었지만 막상 플로의 주검을 보고 있으려니 밀려오는 슬픔을 감출 수가 없었다. 11년간 플로와 지내며 그녀를 사랑했다." 제인이 적었다.

제인은 밤새도록 플로의 시신을 지켰다. 멧돼지가 시신을 뜯어 먹을 것을 우려해서였다. 그리고 시신을 캠프로 가져와 짚 위에 뉘었다. 하지만 다음날이 되면 플로의 시신은 다시 제자리로 돌아가 있었다. 다시 캠프로 가져다 놓아도 어김없이 다음날이면 개울가로 돌아가 있었다. 플린트의 짓이었다. 그래서 제인은 플린트와 다른 새끼들의 반응을 유심히 지켜보기로 했다.

어미를 잃은 플린트는 살아갈 의지조차 없는 것 같았다. 의기소침한 채 어미의 시체가 있는 개울가에 멍하니 앉아 있다가 필사적으로 어미가 살아 있음을 확인하려는 듯 플로의 팔을 당기며 안아 달라고 조르는 것처럼 보였다. 플로가 조금도 움직이지 않자 플린트는 절망에 빠졌다. 거의 아무것도 먹지 않고 움직이지도 않았다. 9월 15일, 결국 플린트도 죽음을 맞이했다.

"플로는 암컷 우두머리였고 과학 분야에 지대한 공헌을 한 침팬지다. 플로와 함께 지내면서 많은 지혜를 배웠다. 개인적으로 그녀에게 감사의 빚을 지고 있다. 이제 곰베 생활은 전과 같지 않을 것이다." 제인은 플로를 위한 애도 기사를 썼다.

이는 런던의 〈선데이타임스〉에 실린 인간이 아닌 동물로서는 최초의 사망기사였다. 제인과 플로 둘 다에게 영예로운 기사였다.

엎친 데 덮친 격으로 플로의 사망기사가 나온 날 아침 또 다른 사망소식이 날아왔다. 루이스 박사도 플로와 마찬가지로 세상을 떠난 것이다.

루이스 박사는 예순아홉 살이었고 건강이 좋지 않은 상태였다. 비만인데다 이미 심각한 심장마비를 앓고 있었다. 관절염으로 고생해 고관절전치환술을 받았는데 수술이 잘못되어 지팡이에 의지해 절뚝거리며 걸었다. 그런데도 박사는 활력이 넘쳤고 수많은 프로젝트와 강연 등을 무리하게 진행했다. 사실 박사는 런던에서 반느와 함께 집필하는 책의 마무리 작업을 하는 중이었다.

그즈음 루이스 박사는 자주 피곤함을 호소하기 시작했다. 박사는 병원을 찾았고 심전도 검사는 정상이었다. 그러나 다음날 아침 박사는 심각한 심장마비를 일으켰고 10월 1일, 아홉 시경 눈을 감았다.

루이스 박사는 제인에게 스승이자 친구이고 격려자였다. 제인은 곰베에서 연구하는 내내 편지와 무선, 그리고 전보로 그와 끊임없이 연락을 주고받았다. 그의 죽음은 제인에게는 커다란 슬픔으로 와 닿았다.

"루이스 박사와 그분의 열정적인 공헌이 없는 탓에 20세기 과학은 앞으로 빛을 발하기가 쉽지 않을 것이다. 다양한 화석 자료를 발굴해 낸 불굴의 의지, 진화론에 대한 넓은 안목, 사람들에게 기억될 만한 뚜렷한 업적을 남긴 박사가 20세기 역사상 과학의 거장 자리에 앉는다고 해서 의심할 사람은 없을 것이다." 제인은 박사를 기렸다.

10
한밤의
납치사건

루이스 박사와 플로를 잃은 건 분명히 제인의 삶에 큰 변화를 불러일으켰다. 우선 휴고의 자리를 대신해서 총괄적인 행정을 봐줄 직원 에밀리 반 지니크 버그만을 고용했다. 제인은 1971년에 수의테크니션으로 일한 네덜란드의 위트레흐트 근처 마을에서 에밀리를 만났다. 그 외 새로운 사람들이 곰베에 들어왔다. 스탠퍼드 학생인 데이비드 리스, 짐 모르, 척 드 시에예스, 크레이그 팩커도 새로 왔다. 곰베 캠프에서 지내는 사람들은 서로 매우 잘 알게 되었고 일생을 통해 우정을 지속했다. 가끔 어떤 관계는 우정을 넘어서기도 했다. 데이비드와 에밀리는 사랑에 빠졌고, 결국 결혼에 골인했다. 한때는 제인도 밀림에서 휴고와 사랑에 빠졌었다. 비록 휴고는 떠났지만 곰베는 여전히 제인에게 로맨틱했다.

1973년 2월, 서른여덟 살의 제인은 데릭 브라이슨과 다시 만났다. 데릭은 탄자니아 농무부 장관이던 시절에 곰베에 온 적이 있었다. 그즈음 그는 탄자니아 국립공원 총감독을 맡고 있었다. 데릭은 키가 컸고 머리는 백발이었다. 영국 태생이지만 아프리카 사람으로 전향한 그는 세계 제2차대전 중 비행기 추락 사고로 다리를 심하게 다쳤다. 다리가 일부 마비되었고 사람들은 그가 다시는 걷지 못할 거라고 했다. 하지만 그는 역경을 딛고 일어서서 지팡이에 의지하여 그럭저럭 돌아다닐 수 있을 만큼 회복되었다. 전쟁이 끝나자 그는 케냐로 와서 농부가 되었다가 정치에 입문했다.

그는 아프리카에 정착한 최초의 백인으로 이후 탄자니아의 초대 대통령이 된 줄리어스 니에레레를 지지했다. 대통령으로 선출된 니에레레는 자신의 첫 내각에 데릭을 기용하여 유일한 백인 정치인 신화를 만들었다.

제인과 데릭이 다시 만났을 때 제인은 곰베의 연구를 지원해 줄 또 다른 재단을 찾는 중이었다. 이미 내셔널지오그래픽 협회의 예산이 삭감되었고 새로운 재단인 그랜트 재단의 지원금은 11월이 되어서야 들어올 예정이었다. 제인은 데릭을 찾아가 곰베 문제를 의논했다. 데릭은 이전의 총책임자보다 곰베 문제에 더 호의적이고 많은 공감을 해주었다.

몇 달 뒤인 5월에 데릭이 곰베를 방문했다. 제인은 데릭에게 가능하면 많은 침팬지를 보여주고 싶었지만 걸음이 불편한 데릭이 캠프 주변을 어떤 식으로 시찰할지가 걱정이었다. 제인은 타고 다닐 것을 준비했으나 데릭은 내내 걸어 다녔다. 그리하여 연구원들이 몇 달간 그 장소에서 본 침팬지보다 더 많은 침팬지를 보았다.

데릭은 제인이 니에레레 대통령을 포함한 탄자니아 정부 관료들과 좋은 친분을 맺을 수 있도록 도와주었다. 데릭은 수시로 곰베를 들락날락했고 공무상 다르에스살람에 자주 들렀던 제인도 부득이하게 데릭을 만났다. 이렇듯 종종 만나다 보니 제인은 데릭이 음악과 문학을 좋아하고, 자신과 종교까지 같다는 사실을 알게 되었다. 데릭은 제인에게 여섯 살 난 그럽을 위해 성경을 읽어 주고 종교에 대한 이야기도 해주라고 권했다.

곰베 직원들은 두 사람 사이의 감정이 단순한 우정이 아니라는 것을 알아차렸다. 하지만 제인은 아직 법적으로는 휴고와 혼인 관계였고 데릭 또한 마찬가지였다. 그렇다고는 해도 두 사람이 서로 강력하게 이끌린 것은 분명했다.

8월 7일, 데릭과 제인은 키고마에서 만나 볼일을 본 후 함께 곰베로 가기로 되어 있었다. 그런데 예상보다 시간이 오래 걸렸고 그들은 밤늦도록 곰베로 출발하지 못했다. 두 사람은 진저 와인을 조금 나눠 마시고 키스를 했다.

데릭이 다시 다르에스살람으로 돌아갈 땐 제인과 그럽도 그를 따라 휴일을 즐기러 갔다. 그럽은 침팬지나 개코원숭이 걱정 없이 해변에서 노는 것이 즐거웠고 제인도 데릭과 함께 하는 순간순간이 행복했다. 좀더 시간을 보낸 후 제인은 그럽을 데리고 스탠퍼드로 향했다.

데릭과 제인은 자주 전화로 이야기를 나누고 정기적으로 편지도 주고받았다. 12월에 데릭은 로드아일랜드대학에서 일주일간의 강의를 끝내고 스탠퍼드로 가서 제인을 만날 수 있었다.

두 사람간의 편지는 서로에 대한 사랑과 둘의 관계를 어떻게 지속해야 하는가에 대한 내용이 대부분이었다. 데릭은 둘의 관계를 공식화하기 위해 자신도 아내와 헤어질 테니 제인도 남편과 이혼하라며 압박했다.

제인과 떨어져 지내고 싶지 않았던 데릭은 거리가 먼 미국의 스탠퍼드와는 관계를 끊으라고 제인을 종용했다. 제인은 데릭이 자신의 연구가 얼마나 중요한지 이해하지 못한다고 판단해 일의 필요성과 스탠퍼드의 중요성에 대해 힘주어 설명했다. 하지만 데릭은 무엇을 하든지 아프리카에 함께 머물러야 한다고 계속 우겨댔다.

당시 제인은 데릭이 얼마나 휴고와 닮은꼴인지 깨닫지 못했다. 자기 분야에서 영향력을 지닌 데릭이 그녀의 명성과 성공에 질투를 하거나 겁을 먹지는 않을 거라고 굳게 믿었던 것이다. 제인은 휴고가 그랬던 것처럼 데릭도 자신의 명성을 더는 편안해하지 않는다는 단서를 놓치고 말았다. 제인의 입장에서는 관계 초기에 새로 피어오르는 사랑의 아지랑이 너머를 명확하게 보기란 어려운 일이었다.

1974년 초, 스탠퍼드로 돌아온 직후 제인과 일곱 살 된 그럽은 데릭과 루아하 국립공원을 둘러보러 길을 떠났다. 소형 세스나 비행기를 타고 가는데 계기판에서 연기가 모락모락 피어오르기 시작하는 게 아닌가. 그들은 가까스로 45분 동안 더 날아가 공원의 가설활주로로 들어갔다. 그런데 갑자기 나타난 얼룩말 무리가 활주로에서 어슬렁거리면서 착륙을 방해했다. 지레 겁을 먹은 조종사는 너무 당황하여 선회하지 못하고 그만 패닉 상태에 빠져들었다. 비행기가 정상 착륙속도보다 두 배나 빠르게 날고 있었는데도 조종사는 루아하 강변에 무리한 착륙을 시도하려는 듯이 보였다.

"저런 곳에 착륙하면 안 돼! 착륙하면 안 된다고!" 한때는 조종사였던 데릭이 소리쳤다. 하지만 조종사는 그의 말을 무시했고 비행기는 '쾅' 하고 부닥치며 내려앉았다.

비행기가 요동치며 착륙하자마자 조종사는 엔진도 끄지 않은 채 문을 열고 뛰어내리며 "얼른 피해요!"라고 소리치고는 사라졌다. 제인은 비행기가 폭발할까 봐 겁이 덜컥 났다. 다행히 모두 살아남긴 했지만 데릭은 갈비뼈에 금이 갔다. 되도록 침착하게 제인은 그럽의 안전벨트를 가까스로 풀어 서둘러 빠져나가도록 했다.

데릭은 짐 더미에 눌려 좌석에 끼어 있었다. 게다가 그가 앉아 있던 쪽의 문은 열리지 않았고 불편한 다리로는 움직이기도 어려웠다. 제인은 데릭을 누르고 있는 짐 덩어리들을 미친 듯이 집어던지며 데릭을 빠져나오게 하려고 안간힘을 썼다. 그러자 데릭은 "뭐 잃어버린 지갑이라도 찾느냐"고 농담을 던지며 제인을 진정시켰다.

데릭은 이런 제인의 모습에 매료되었다. 그는 몸을 천천히 일으켜 반대쪽 문으로 겨우 빠져나왔다. 비행기에서 빠져나온 후 그들은 악어가 서식하는 위험천만한 강을 건넜다.

우여곡절 끝에 그들은 흠뻑 젖은 채로 휴게소에 도착했다. 아무도 다치지 않은 게 천만다행이었다. 긴장이 풀린 제인은 그제야 사고의 충격이 되살아나 몸이 오그라들고 다리가 벌벌 떨리기 시작했다. 그들은 따뜻한 차 한 잔을 마시며 모두 살아 있음을 감사히 여겼다.

아찔했던 임사(臨死) 체험은 제인이 휴고와의 관계를 결정하는데 도움을 주었다. 삶은 불확실한 것이니 사람들은 자신에게 허락된 시간을 잘 활용해야만 한다는 걸 깨달은 것이다. 제인은 휴고와 이혼하기로 했다. 데릭이 그의 아내와 이혼하고 나면 그와 결혼할 계획이었다.

제인과 데릭은 비행기 추락 소식과 둘이 함께 휴가를 떠났다는 사실이 세상에 알려질까 봐 노심초사했다. 그래서 그들은 서둘러서 양쪽 배우자들과 아이들에게 이 사실을 털어놓았다. 이때 성인이 된 데릭의 아이들은 제인에 대한 이야기를 처음 들었다. 그럽은 데릭이 엄마의 좋은 친구라고 알고 있었지만 둘의 관계를 아직 이해하지 못할 나이였기에 앞으로 가족의 형태가 어떻게 바뀔 것인지 알지 못했다.

휴고가 2월 초에 곰베로 돌아왔다. 휴고도 제인과의 관계를 정리하고 싶었다. 그는 마지막으로 제인에게 자신과 함께 곰베를 떠나지 않겠느냐고 물었다. 당연히 제인은 그럴 의향이 없었다. 결국 그들은 조용히 결혼생활을 끝내기로 했다. 하지만 제인에게 있어서 휴고와 함께한 시간은 무엇보다도 가치가 있었다.

"저와 휴고는 여전히 함께 일하고 있고, 어쩌면 예전보다 더 좋은 친구가 된 것 같아요. 비통하지 않아요. 우리는 함께하는 동안 좋았고 그럽도 낳았으니까요. 우리는 둘이서 혼자 할 수

있었던 것보다 더 많은 것을 이루어 냈어요." 제인은 〈레이디
스 홈 저널〉과의 인터뷰에서 말했다.

3월 말에 제인은 봄 학기 강의를 위해 스탠퍼드로 떠났다.
그곳에서 시간을 보내는 동안 제인은 데릭과의 관계가 지속
되지 않을 것 같다는 걱정에 사로잡혔다. 그들은 편지나 전화
로 이야기를 나누었다.

"나는 가끔 당신이 내게 너무 많은 걸 원하는 것 같아 두려
워요. 그래서 당신이 실망할까 봐 두려워요. 이렇게 떨어져
있는 것이 고통스럽긴 마찬가지예요. 하지만 되돌리기엔 너
무 늦었어요." 제인은 데릭에게 편지를 썼다.

데릭은 제인이 스탠퍼드, 더 나아가 미국과의 유대관계를
끊어야 한다며 점점 더 고집을 피웠다. 데릭이 생각하기에 제
인이 스탠퍼드와 관계를 갖는 것은 시간 낭비였다. 하지만 당
시 곰베 연구의 많은 부분이 미국인에 의해 진행되고 있었고
미국 자금으로 운용되는 부분도 많았다. 제인도 데릭의 의견
을 존중하고 싶었지만 스탠퍼드는 그녀에게 꼭 필요한 존재
였다.

5월이 되자 제인은 예정대로 스탠퍼드 강좌를 마쳤다. 제인
은 며칠 간 영국으로 가서 친정 식구들과 시간을 보냈고, 휴
고의 조국인 네덜란드에서 휴고를 만나 이혼을 위한 법적절

여배우 캔디스 버겐과 곰베에 앉아 있는 제인. (1974년)

차를 밟았다.

"휴고와 나는 일을 잘 끝냈어. 헤이그 법정에서는 5분밖에 걸리지 않았어. 그래도 우리는 절친한 친구야, 여전히." 제인은 친구에게 편지를 썼다.

휴고와 이혼하고 제인은 다시 곰베로 돌아왔고 캠프의 분위기는 꽤 들떠 있었다. 그녀가 없는 동안에 여러 사람이 왔는데 스탠퍼드 학생들인 커트 부세와 그랜트 하이드리히, 키트 모리스, 그리고 박사학위가 있는 래리 골드먼과 그의 아내 헬렌, 신입사원인 에타 로사이였다. 데이비드 리스는 이전의 연구를 정리해 출간하려고 곰베에 다시 들렀다.

제인과 그럽은 6월에 휴고와 함께 응고롱고로 분화구로 휴가를 떠났다. 제인은 그 여행이 굉장히 즐거웠다.

"휴고와 친구로 지내니 이렇게 편할 수가 없어요. 그는 여전히 내가 답답하게 여기는 행동을 하고 있지만 이제는 그런 게 아무런 문제가 되지 않으니 참으로 마음이 편해요. 우리는 점점 더 유명해지고 있어요." 제인은 6월 21일에 집으로 편지를 썼다.

그렇지만 제인은 그해 여름 데릭과는 많은 시간을 보내지 못했다. 응고롱고로에서 돌아온 후 제인은 심포지엄에 참석해 데릭과 겨우 열하루 정도를 보냈을 뿐이었다. 제인은 그와 다르에스살람과 루다하 국립공원에서 시간을 보냈고 , 미국의 여배우 캔디스 버겐의 방문 일정에 맞추어 다시 곰베로 돌아왔다.

캔디스 버겐은 〈레이디스 홈 저널〉의 요청으로 취재차 제인을 찾아온 것이다. 기사는 제인이 하는 일을 미국의 일반 대중에게 알려서 제인을 훨씬 더 유명하게 해주었다.

1975년 2월, 제인과 데릭은 그럽만 참석한 가운데 조촐한 결혼식을 올렸다. 탄자니아에서는 제인이 데릭보다 상대적으로 덜 유명했다. 탄자니아 국회의원인 데릭은 유명한 정치가로 오랫동안 아프리카의 모든 나라를 통틀어 민주적으로 선출된 유일한 백인 정치가였다. 데릭은 탄자니아 시민들에게 잘 알려진 인물이었고 제인은 그들에게 과학자가 아니라 데릭의 아내 '미시즈 브라이슨'으로 알려졌다.

결혼식 이후 한동안 제인의 생활은 평범한 일상의 반복이었다. 두 사람은 신혼여행을 가지 않았기 때문에 2월 9일에 곰베로 돌아왔다. 데릭도 그럽의 여덟 번째 생일인 3월 4일에 맞추어 곰베로 왔다. 필요에 의해 제인은 곰베에, 데릭은 다르에스살람에 떨어져 살았다.

5월 19일 월요일, 곰베에 재앙이 닥쳤다. 밤 11시 30분경 제인이 잠을 자는 동안 무장한 군인들 40여 명이 탄 배가 연구소에서 남쪽으로 800미터 떨어진 근처 해안에 정박했다.

군복을 입은 그들은 밧줄과 수류탄, 전동소총으로 무장하고 있었다. 그들은 연구소에 침입하여 공원 본부에 사는 순찰대원 세 명 중 두 명을 인질로 붙잡았다.

대원 한 명이 가까스로 탈출에 성공해 공원 본부에 묵고 있는 미국인 연구원 피어스와 바우에게 알렸다. 순찰대원은 그들에게 어서 도망가라고 재촉했지만 피어스와 바우는 침입자가 있다는 사실을 알리려고 연구소로 뛰어갔다.

무장한 남자들이 먼저 연구소에 도착해 미국인 학생 에밀리 버그만과 스테판 스미스, 케리 헌터, 바버라 스머츠, 곰베의 직원인 에타 로사이를 인질로 잡았다. 제인과 그럽은 조금 떨어진 숙소에서 자는 중이었다. 침입자들은 인질과 마을 사람들을 심문하며 남은 백인들을 찾으려고 혈안이 되었지만, 사람들은 이미 잡힌 네 명이 전부라고 거짓말을 했다. 얼마 후 침입자들은 아프리카 현지인인 순찰대원들과 에타는 풀어주고 미국인들만 배에 태워 강 하구로 내려갔다.

소동이 계속되자 제인은 눈을 떴고 그제야 침입자들의 소식을 들었다. 제인은 즉시 경찰에게 도움을 청하는 편지를 써서 순찰대원들에게 들려 보냈다.

연구소에서는 침입자들에 대한 정보가 거의 없었다. 그들의 신원을 아는 사람은 아무도 없었다. 다행히도 더는 아무 일도 일어나지 않았다. 새벽이 되어서야 경찰과 국립공원 담당 부서와 연락이 닿았다.

아침 7시경에 제인은 관할본부와 무전기로 연락을 취하고, 30분 뒤에 다르에스살람에 있는 데릭과 통화했다. 데릭은 즉시 탄자니아 장관을 만났다. 장관은 정부 관료들을 만나 사건을 해결할 대책을 강구했다.

데릭은 곧장 비행기를 타고 제인을 만나러 키고마로 왔다. 그러는 동안 제인과 그럽을 포함한 남은 백인들은 경찰의 호위를 받으며 키고마로 몸을 피했다.

데릭과 제인은 볼모로 잡혀간 사람들의 위치를 알아보려고 혼신의 힘을 다했다. 혹시 숲 속에서 침입자들의 모습을 찾을 수 있을까 하는 희망으로 소형 비행기를 타고 사방팔방을 수색했지만 허사였다.

스탠퍼드 총장은 곰베에 남은 미국인 학생들을 모두 나이로비로 대피시키라는 소식을 전해왔다. 사실상 이 사건을 계기로 대학 측은 학생들이 동아프리카에서의 연구를 계속하는 것을 금했다. 하지만 곰베의 학생들은 납치된 친구들의 소식을 알고 싶었기에 다르에스살람에서 데릭의 집에 머무르며 친구들의 소식을 기다렸다.

마침내 5월 24일, 인질로 끌려간 사람 중 한 명인 바버라 스머츠가 아무런 해도 입지 않은 채 풀려나 키고마에 있다는 메시지가 전해졌다. 바버라는 다음날 다르에스살람으로 비행기를 타고 왔다.

공항에서 제인과 데릭을 만난 바버라는 서둘러서 미국 대사관으로 갔다. 그즈음에 납치범들의 신원이 밝혀졌다. 그들은 자이르(콩고민주공화국의 옛 이름)정부를 전복시키고 로랑 카빌라를 지도자로 내세워 새로운 정부를 건설하고자 하는 반군세력이었다.

바버라는 그들의 편지를 갖고 있었다. 그들은 돈과 무기, 그리고 일부 정치적 죄수들을 풀어달라고 요구했다. 요구사항을 들어주지 않는다면 나머지 인질인 에밀리와 스테판, 케리를 죽이겠다고 협박했다. 불행 중 다행으로 바버라의 말에 따르면 인질은 잘 대우받고 있다고 했다.

남은 인질을 무사히 풀려나게 하려는 사람들 사이의 긴장은 점점 고조되어 갔다. 미국대사관은 납치범들과의 거래는 탄자니아 정부의 몫이니 미국 대사는 납치범과 협상을 할 수도, 해서도 안 된다는 성명을 발표했다. 탄자니아 정부는 이 사건은 탄자니아엔 책임이 없으므로 납치범들과 협상을 하지 않겠다는 입장을 밝혔다.

스탠퍼드의 데이비드 햄버그 교수가 인질로 끌려간 카터 헌터와 스테판 스미스의 부모와 함께 탄자니아로 갔다. 제인과 데릭, 그리고 여기에 관련된 사람들이 직접적으로 반군세력과 협상해야 할 처지에 놓였다. 햄버그 박사는 자신과 같이 온 학생의 아버지들도 함께 협상에 나서야 한다고 주장했다.

데릭은 제인을 이 문제에서 빠지게 하느라 여념이 없었다. 그는 제인이 자신의 아내라는 것 외에는 탄자니아 정치에 아무런 역할을 하지 못한다고 판단했다. 그는 또 제인이 햄버그 박사나 사건과 관련된 누구도 단독으로 만나지 못하게 했다. 누구보다 남편의 도움이 필요했던 제인은 데릭의 판단을 받아들였다. 제인이 이 위기를 통제하고 이끌어 갈 거로 생각했던 햄버그 박사는 제인이 상황의 심각성을 제대로 인식하지 못하고 있다며 불만을 터트렸다.

6월 20일, 납치 사건이 있은 지 정확히 한 달 만에 데릭과 햄버그가 반군세력을 대표하는 두 명과 협상을 시작했다. 데릭이 전면에 나서 세 시간 동안 협상했다. 데릭은 인질을 풀어 주면 원하는 죄수들을 풀어 주겠다고 했다. 그때까지만 해도 그는 양측 간의 협상이 잘 이루어지는 줄로만 알았다. 그는 어떠한 몸값도 지급하지 않고 상황이 해결될 수 있다고 믿었다. 하지만 그의 생각은 빗나갔다.

햄버그 박사는 케리와 스테판의 아버지를 협상에 참가시켰다. 박사는 아버지들을 데려가면 당연히 몸값 문제가 불거져 나올 거라며 반대하는 데릭을 무시했다. 불행히도 데릭이 옳았다. 결국 납치범들은 몸값으로 46만 달러를 요구했다.

돈의 대부분은 케리의 아버지가 마련했다. 영국 파운드로 강철박스를 가득 채워 6월 27일에 그들에게 돈을 넘겼다. 하지만 납치범들은 약속을 어기고 케리와 에밀리만 풀어 주었다. 일주일이 지나 탄자니아 감옥에 있는 죄수 두 명이 풀려나고서야 스테판이 돌아왔고 그제야 모든 악몽은 끝이 났다.

11
곰베, 그 쓸쓸하고
화려한 날들

납치 사건이 있고서 곰베에는 많은 변화가 있었다. 이제 곰베에 남은 미국인 학생이나 직원은 한 사람도 없었다. 인질 사건 때 철수하고는 돌아오지 않았던 것이다. 현장 연구는 모두 탄자니아 현지 직원들에 의해 이루어졌다. 연구는 주로 한 가지로 제한되었는데 수영하는 개코원숭이 관찰과 바나나를 주는 지역에서 장기간 머무르는 침팬지들을 관찰하는 것이다. 일부 특정한 침팬지들 연구도 계속되었다.

연구 초창기에 제인은 침팬지들이 어떤 면에서는 인간보다도 낫다고 믿었다. 그들은 공동체를 만들고 어미와 새끼 사이의 유대를 소중히 여겼다. 게다가 전쟁과 같은 인류의 부정적인 모습은 없는 듯했다. 그러나 제인은 일부 자료들을 첨부하여 생각이 바뀌었다는 증거를 제시했다.

1975년 8월과 9월, '패션'이라는 침팬지와 그 새끼인 '폼'과 '프로프'가 다른 침팬지를 죽여 먹는 모습이 관찰되었다. 거기다 패션은 다른 어미가 갓 낳은 새끼까지 잡아먹었다.

"현재까지 질카의 새끼 두 마리를 포함해 다섯 마리 새끼들이 패션과 폼에게 죽임을 당해서 먹혔다. 세 마리가 더 있을 것으로 추정된다." 제인이 적었다.

제인은 이 행동이 소름 끼치도록 섬뜩하다고 생각했다. 그리고 얼마 후 다른 침팬지들도 비정상적인 풍습을 갖고 있다는 것을 알아차렸다. 캠프 사람들은 대부분 패션과 그 새끼들을 꺼림칙하고 섬뜩하게 여겨 피했다.

또 다른 형태의 폭력적 행동이 관찰되었다. 보호구역 북쪽에 사는 카세케라 그룹과 보호구역 남쪽에 사는 카하마 그룹 사이에서 전쟁이 시작되었다.

원래 두 집단은 한 종족이었는데 카하마 그룹이 갈라져 나와 작은 집단을 형성하고 이전에 몸담았던 카세케라 그룹의 구성원들을 '침입자'로 규정했다. 두 그룹의 수컷들은 서로 다른 집단의 구성원을 만나면 공격적으로 변했다. 만약 순찰 그룹이 돌아다니다가 약한 침팬지를 만날 땐 종종 죽음을 불렀다. 이런 살상은 카세케라 그룹이 카하마 그룹 유인원들을 전멸시킨 1977년 말까지 계속되었다.

제인은 침팬지들이 생각했던 것보다 훨씬 인간과 비슷하

다는 사실을 깨달았다. 침팬지를 오랫동안 연구하면 할수
록 그들이 인간의 모습을 하고 있는 것을 알게 되었다. 그
들은 각각 어두운 면을 지니고 있었다.

1979년 〈내셔널지오그래픽〉 5월호에 제인은 침팬지의 폭
력성에 관한 보고서를 실었다.

"내가 처음 침팬지 공동체 사이에 살상이 이루어진다는
결과를 발표하자마자 일부 과학자들로부터 엄청난 비난이
쏟아졌다. 일부 비평가들은 그 관찰은 단순히 '일화'로 치
부해야 하니 무시하면 된다고 했다. 아주 터무니없는 얘기
라고 했다…… 심지어 어떤 과학자들은 잡지사의 실수로
잘못 실린 거라고 평하기도 했다. 그들은 내가 본 공격성을
평가절하해야 한다고 생각했다…… 이것은 내가 정치적,
종교적, 사회적 이유로 이번 발표를 해야 하는지 하지 말아
야 하는지를 놓고 크나큰 압박을 받은 과학정치의 첫 경험
이었다."

제인은 정치에는 관심을 가져 본 적도 없었다. 오로지 곰베
의 침팬지들과 그들의 행동에만 관심이 있었다. 제인은 처음
에 침팬지에게 이름을 붙여 주는 것에 반대한 비평가들을 무
시했던 것처럼 이번 경우도 크게 신경 쓰지 않았다.

　침팬지 전반에 대한 제인의 안목이 진화하는 동안 그녀의 삶에는 또 다른 변화가 찾아왔다. 1975년, 그럽은 여덟 살이었고 제인은 아들에게 정규교육이 필요함을 절실히 느꼈다. 이제 아프리카에서 제인 혼자서 그럽을 가르치기에는 역부족이었다. 제인과 데릭은 그럽을 영국의 학교로 보냈다가 방학 때 아프리카로 데려오기로 했다. 그럽은 그해 가을 영국으로 떠났다.

　"그럽은 버치스에서 어머니와 함께 살고 있다. 나는 항상 어린 아이들을 억지로 기숙학교에 보내야 하는 영국의 관습이 무섭다. 하지만 생각을 달리하자. 어머니와 이모, 외삼촌이 있는 버치스는 그럽의 또 다른 집이니까." 제인이 적었다.

　이성적으로 판단해서 그럽을 보냈는데도 아들의 부재는 감내하기 힘든 고통이었다. 집안은 쥐 죽은 듯이 조용하고 외로웠다. 제인은 교실로 쓰던 사무실 옆방에 혼자 들어가는 고통을 참을 수 없었다.

　"나는 네가 쓰던 교실에 들어갈 수가 없구나. 거기만 들어가면 그냥 눈물이 줄줄 흐르니 말이다. 다른 누군가가 너에게 읽고 쓰는 법을 가르친다는 건 기쁜 일인데도 왠지 난 그렇지가 않구나." 제인이 그럽에게 편지를 썼다.

　그럽이 학교를 졸업할 때까지 제인의 스케줄은 다람쥐 쳇

바퀴 돌 듯 큰 변화가 없었다. 그럽은 영국에서 학교에 다니고 크리스마스가 되면 제인은 영국으로 가서 아들과 함께 휴가를 보냈다. 여름방학이 되면 그럽이 아프리카로 와 제인과 함께 지냈다.

그럽은 방학 기간 동안 일부는 제인과 곰베에서, 일부는 세렝게티에서 휴고와 시간을 보냈다. 그럽이 곰베에 있는 동안 제인은 더러 아들을 잘 보살펴야 한다는 부담감으로 몹시 힘겨워 했지만, 아들이 떠나고 나면 곧바로 엄마로서 아무것도 해주지 못한다는 생각에 크나큰 상실감을 느꼈다.

제인이 직업과 엄마, 아내 사이의 균형을 맞추는 건 무척 힘겨운 일이었다. 결혼 초기에 데릭은 제인이 일하는 스탠퍼드를 포함한 미국인들과의 단절을 원했다. 인질 사건이 진행되는 동안 이 일에 관련된 미국인들은 데릭이 무척 적대적이라는 인상을 받았다. 심지어 일부 사람들은 데릭이 미국인들을 곰베에서 내쫓기 위해 상황을 이용하고 있다고 오해하기도 했다.

1975년 10월, 제인이 스탠퍼드로 왔을 때 동료들로부터 심한 적의를 느꼈다. 데릭이 납치당한 학생들의 몸값을 치르지 않으려고 그들을 죽게 내버려 두려고 했다는 소문이 나돌았다. 또 납치범들이 연구소에 들이닥쳤을 때 제인은 혼자서만 밀림으로 도망쳤고 납치된 학생들을 포기하려고 했었다는 소문도 무성했다. 제인과 막역하게 지내는 친구들까지 그녀를 냉대했다.

강의에 들어가기 전에 미리 한 동료의 집을 빌려놓았는데 느닷없이 약속을 취소해 버렸다. 그러면서 막 도착한 제인에게 벼룩이 득실득실한 카펫에서 자라고 했다. 인내심을 발휘한 제인은 가을학기를 마지막으로 스탠퍼드와의 인연을 끊었다.

스탠퍼드에서 고군분투하고 있을 때 제인이 예전부터 알고 지내던 이탈리아 왕자 라이너 디 파우스티노 부부가 스탠퍼드를 방문했다. 그들이 제인에게 따뜻하게 대해 주자 수상쩍게 여기던 동료들도 어느 정도 마음을 풀었다. 왕자 부부는 제인의 재정 문제를 풀어 줄 해답을 갖고 있었다.

그들은 제인에게 '야생동물 연구·교육을 위한 제인구달협회'를 설립하자는 제안을 해왔다. 이 재단은 자선 단체로 제인의 연구비와 곰베의 운영비를 꾸준히 공급해 줄 것이라고 했다. 제인은 이에 동의했고 그들은 후원자와 운영위원회에 대해 토론했다. '제인구달협회'를 만드는 일은 신속하게 진행되었다.

협회는 미국에 세우기로 했다. 제인의 경험상, 덩치 큰 자금은 미국에서 후원받았기 때문이다. 1976년에 재단이 창설되었다. 후원이 많지 않았기 때문에 기금은 얼마 되지 않았지만 이것은 곰베가 재정적으로 독립하는 첫걸음이었다.

1976년 말, 제인은 그랜트 재단으로부터 매년 곰베 운영 기금으로 2만5,000달러를 공급해 주던 것을 중단하겠다는 통보를 받았다. 원래 제인은 그랜트 재단의 기금 중 1만 달러를 삭감할 계획이었다. 이것을 기부와 보조금, 그리고 대중 강연을 통해 벌어들인 돈으로 보충하려고 했었다. 사실 제인의 대중 강연은 연구소의 가장 큰 기금모금원이었다. 보수주의자들은 때때로 제인의 기금모금 방식을 비난하면서, 제인이 자신의 명성을 이용해 보조금과 기금 중에서도 가장 알짜배기만 얻어가고 있다고 투덜거렸다. 이런 비난에도 상관하지 않고 제인은 미국 전역을 돌면서 기금모금 강연을 시작했다.

제인이 여기저기 돌아다니는 일이 많아질수록 결혼생활은 점점 더 버거워졌다. 한때는 편안하게 여겼던 데릭의 보호본능이 지나친 소유욕으로 나타났다. 데릭은 제인이 친구들과 밖에 나가는 것은 물론 자신을 배제한 어떤 유형의 사회생활도 탐탁지 않게 여겼다. 사실 1979년 말경 제인은 결혼생활에 문제가 많아 더는 지속하기 어려울 것 같은 불안이 엄습했다. 휴고와 살면서 못마땅하게 여겼던 것 모두가 데릭에게서 반복되는 느낌이었다.

하지만 안타깝게도 그들에겐 문제를 해결할 시간적 여유가 없었다. 1980년 초 데릭은 소화가 잘 안 되고 배에 통증을 느끼기 시작했다. 다르에스살람에서 엑스레이를 찍어본 결과 검은 혹을 제거해야만 한다는 소견이 나왔다. 데릭은 수술을 하러 제인과 함께 영국으로 떠났다. 영국에서 진단한 결과 암으로 판정되었고 이후 3개월밖에 못 산다는 선고를 받았다.

이제껏 제인이 걱정한 데릭과의 결혼생활 문제는 순식간에 하찮은 것이 되었다. 이제 제인은 데릭이 없는 삶을 어떻게 헤쳐 나가야 할지 막막했다. 한동안 제인은 시누이 팜 브라이슨과 어머니 반느 외에는 데릭의 병에 대해 함구했다 하지만 어쩔 수 없이 데릭의 건강에 대해 가족에게 털어놓았고 반느는 다시 한번 제인에게 정신적인 지주가 되었다. 반느는 런던으로 와서 풀이 죽은 제인에게 데릭의 암을 치료할 다른 대안을 찾아보자고 격려했다.

제인은 다르에스살람에 사는 친구들에게 전화해 민간요법으로 데릭을 치료해 줄 아프리카 주술사가 있는지를 물었다. 어쩌면 도움이 될지도 모른다는 희망으로 주술사를 데리고 오도록 안면이 있는 현지인을 급히 보냈다. 제인은 또 레이어트릴(살구나 복숭아씨에서 얻는 항암제)이라는 논쟁의 소지가 많은 약으로 암 환자들을 치료한 적이 있다는 독일 의사 이야기를 들었다. 7월에 데릭은 하노버로 가서 한스 니이퍼 박사에게 레이어트릴 치료를 받았다.

치료 초창기에 제인은 데릭이 점점 나아지고 있다고 확신했다. 친구들에게도 데릭이 암을 이겨내고 있으며 더는 고통스러워하지 않는다고 편지를 썼다.

레이어트릴을 투여받은 데릭과 제인은 다시 시작할 기회를 얻는 듯했다. 그들은 몇 시간 동안 이야기를 나누고, 함께 음악을 듣고, 함께 기도했다. 하지만 영국 의사의 진단은 한 치의 어긋남도 없었다. 데릭은 점점 더 악화되었고 고통을 견디려면 모르핀을 맞아야만 했다. 결국 제인은 의사에게 데릭이 너무 고통스러워하니 그를 살리려고 애쓰지 말라고 간청하기에 이르렀다.

10월 11일, 데릭은 세상을 떠났고 제인은 그의 곁을 지켰다. 남편의 마지막 숨소리를 듣고 침대로 올라간 제인은 그의 곁에 누워 마지막 순간을 함께했다.

1980년 11월, 제인은 데릭의 유분(遺粉)을 다르에스살람으로 가져왔다.

"참으로 괴로운 시간이었다. 특히 히스로에서 그의 유분이 담긴 작은 상자를 받았을 때는 더욱 그랬다. 그의 신체에서 남은 것이라고는 그 자그마한 상자에 들어 있는 게 전부였다. 그가 죽은 지 20년이 지난 지금까지도 나는 유분함을 받아들었을 때의 공포를 생생하게 기억한다." 훗날 제인이 썼다.

데릭을 기리는 추도문이 낭독되고 제인은 유분과 함께 남편이 가장 좋아했던 인도양의 섬으로 갈 채비를 차렸다.

그런데 제인 일행이 섬으로 가는 배를 타려고 하는데 모든 것이 엉망이 되고 말았다. 갑자기 비가 들이쳐 아무것도 볼 수 없는데다가 배에는 연료가 충분치 않아 섬까지 갈 수도 없었다. 더구나 꽉 잠긴 유분함을 여는 데만도 시간이 한참 걸렸다. 임시방편으로 돌을 매달아 유분함을 가라앉히려고도 했지만 묶을 만한 끈조차 없었다.

"분명히 데릭도 이런 상황이 웃겼을 거예요." 제인이 말했다.

크리스마스에 제인은 영국으로 와서 이제는 열세 살이 된 그럽과 친정 식구들과 함께 시간을 보냈다. 반느는 그해 겨울 심장판막을 교체하는 수술을 받았다. 수술은 성공적이었다. 새 심장판막은 돼지에서 구한 것인데 이것이 반느의 목숨을 살렸다. 제인은 어머니 몸속에 돼지의 일부가 들어 있는 것이 신기해서 돼지 이야기와 돼지 사진을 스크랩해서 반느에게 주었다. 1월 말에 아프리카로 돌아온 후, 침팬지 연구와 행정적인 일을 마친 저녁이면 돼지 관련 글이나 사진을 모으는 일이 제인의 취미가 되었다.

5월경에 제인은 늘 하던 대로 다르에스살람으로 갔다가 5월 말에 곰베로 가서 몇 주를 보냈다. 데릭이 있던 장소에 머무는 것은 꽤 고통스러운 일이었으나 시간이 지남에 따라 마음의 안정을 찾아갔고 다시 침팬지에 전념할 수 있었다.

"정말로 곰베에서 멋진 시간을 보냈어요…… 예전에 다니던 몇몇 곳을 거닐며 오랜 시간을 보냈어요. 굉장히 상쾌했어요. 다시 스물다섯 살로 돌아간 느낌이에요! 꽤 오랫동안 밀림을 헤집고 다니지 않았는데도 아직은 건강한 것 같아요."

그해 여름 마흔다섯 살의 나이에 제인은 다시 20대로 돌아간 것 같은 느낌이었고 호기심도 자극되었다.

제인은 곰베에서 완벽하게 자유롭지 못했다. 재정적 어려움이 계속되자 곰베 연구를 후원하는 제인구달협회를 지원해줄 사람을 적극적으로 찾아 나섰다.

1983년 5월, 1979년 이후로 제인구달협회의 회장을 맡은 고든 게티가 한 가지 제안을 해왔다. 제인이 25만 달러의 기부금을 유치할 수만 있다면 협회는 정기적으로 50만 달러를 책임지겠다는 것이었다. 이런 정기적인 기부가 있어야 조직이나 협회가 자립할 수 있었다. 그렇게만 된다면 제인구달협회는 고정 수입을 얻을 수 있을 것이다. 제인은 그 제안을 수

락했다. 제인은 고든이 제안한 금액을 맞추기 위해 닥치는 대로 강연을 하고 이곳저곳에서 기부를 받았다. 그러면서도 제인은 그날 벌어 그날 먹는 것과 다름없는 생활방식에서 탈피하고 싶은 마음이 간절했다.

어느 정도 안정을 되찾은 제인은 다른 프로젝트에 관심을 돌려야 할 때임을 직감했다. 1968년 당시 제인은 그때까지의 연구를 요약한 학술지『곰베스트림 보호구역에서의 자유로운 침팬지들의 행동』을 펴낸 적이 있었다. 그로부터 10여년이 지난 후 개정판 작업에 돌입했다.

1982년경 이 프로젝트는 그 자체의 생명력을 얻게 되었다. 단순하고 불충분한 한 권 분량의 개정판이 아닌, 백과사전 형식의 두 권 분량으로 바뀌었다. 제인이 곰베에서 연구를 시작한 이래로 침팬지에 관한 모든 연구를 총망라한 책이었다. 1986년 출간된 이 책 제목은『곰베의 침팬지들: 그들의 행동양식』으로 분량은 장장 650페이지가 넘었다.

제인은 이 책을 침팬지 연구를 시작하게 하는데 가장 큰 영향력을 준 두 사람과 침팬지에게 바쳤다. 그녀의 헌사에는 "내 어머니 반느를 위하여, 곰베의 침팬지들을 위하여, 그리고 루이스 리키를 기리며"라고 쓰여 있었다.

이 책은 제인이 수십 년간 해온 침팬지 연구의 집약본이었
지만 사실 연구는 끝난 게 아니었다. 다방면에서 제인의 진정
한 연구는 이제 막 시작되고 있었다.

로스앤젤레스에서 2006년 평화의 날에 참석한 제인

12
침팬지 보호
프로젝트

제인구달협회의 경영이 제자리를 찾자 제인은 새로운 프로젝트에 대해 고민에 빠졌고 1984년에 '침팬주ChimpanZoo' 프로젝트에 대한 구상을 마쳤다.

제인은 전 세계 동물원에 사로잡힌 침팬지들이 감옥과 같은 철창과 콘크리트 바닥 우리에서 사는 것을 매우 우려했다. 그곳에는 침팬지들이 재밌어하거나 그들을 즐겁게 해줄 만한 것이 하나도 없었다. 그녀의 연구를 보면 야생에서 침팬지들은 감정적으로 풍부한 삶을 살고 있다. 그들은 인간이 행복해지는 데 필요한 자양분과 똑같은 것을 필요로 한다. 그렇기에 제인은 생포된 침팬지들을 위해 동물원의 환경을 개선하고 싶었다. 보금자리를 지을 재료, 인공적으로 만든 흰개미 굴, 잠자리 짚, 그 외 유인원들이 야생에서 볼 수 있는 것들을 동

물원에 공급해 주는 프로그램을 만들 계획을 세웠다. 이렇게
되면 대학교수들과 학생들도 갇힌 침팬지들을 연구하며 그들
의 행동이 야생에서 보이는 것과 어떻게 다른지 비교할 수 있
을 것이다.

제인구달협회는 비록 제인의 이름을 따서 만든 협회지만
어느 프로젝트에 자금을 지원하는가 하는 사안은 위원회에서
결정했다. 그녀는 '침팬주'에 강하게 끌렸지만 위원회는 투자
에 동의하지 않았다. 당시 제인에게는 책의 인세와 상금, 강
연료 등 협회와는 별도의 수입이 있었다. 그래서 그 돈으로
'챔팬주' 프로젝트 첫 해 자금을 대기로 했다. 프로젝트는 성
공적이었고 결국 제인구달협회도 공식적으로 '침팬주' 프로
젝트에 기금을 후원하기 시작했다. 현재 이 프로그램은 전 세
계 20개 지역에서 진행 중이다. 침팬지 동물원의 환경을 좀더
낫게 만드는 것이야 말로 명백하게 제인이 처음부터 하려던
일이었다.

제인의 다음 프로젝트는 침팬지를 보호하는 일이었다.
1986년 11월, 쉰둘이 된 제인은 시카고 과학아카데미가 후원
한 '침팬지의 이해'라는 심포지엄에 참석했다.

심포지엄에서 제인을 비롯한 많은 과학자가 침팬지를 대신
해 각국 정부에 압력을 가하는 단체를 만들자는 데 동의했다.

명칭은 '침팬지 보전·보호위원회(이하 CCCC)'로 정했다. 제
인이 이곳 대표를 맡기로 했다.

제인이 CCCC에서 첫 번째로 한 일은 야생침팬지를 보호하
는 것이었다. 새끼 침팬지 연구가 필요한 사람들은 서부 아프
리카에서 새끼들을 수입한다. 이 과정에서 새끼와 어른 침팬
지들이 끔찍한 죽임을 당하기도 한다. 전문가들은 새끼 한 마
리가 포획될 때마다 다른 침팬지들 열 마리가 죽임을 당한다
고 추정했다.

1988년, 제인은 몬태나 주 상원의원 존 멜허를 설득해서 야
생에서 침팬지를 포획하는 관련 프로젝트에 국립보건원이 자
금을 보조하지 못하게 하는 법안을 상정하도록 했다. 결국 연
구원들은 야생침팬지 새끼들을 사들이지 못하게 되었다. 수
요가 확연히 줄자 포획자들은 다른 침팬지들의 생명을 대가
로 하는 이 일에 의욕을 잃었다.

1990년, 제인은 미 국방장관 제임스 베이커를 만나 야생침
팬지를 연구·개발하려는 욕구가 얼마나 많은 야생침팬지를
죽음으로 몰고 가는지 피력했다. 베이커 미 국방장관은 자신이
재직 중인 한, 미 국무부는 일전에 멜허 상원의원이 상정한 야
생침팬지 보호정책을 지지하리라고 제인을 안심시켰다.

정치적인 활동 외에도 제인은 침팬지를 연구하는 미국 전

역의 연구시설을 순회하기 시작했다. 연구실의 실험대상 동물들에게 해를 입히는 행위를 감시하는 것이 순회의 목적이었다. 제인은 이런 실험에 반대하는 목소리를 높이는 것이 동물들의 희생을 막을 수 있다고 여겼다.

제인이 시찰한 첫 실험실은 메릴랜드 주 로크빌에 있는 SEMA 연구소였다. 제인은 SEMA 실험실 장면을 비밀리에 녹화한 비디오테이프를 보았다. 그곳에서는 침팬지를 연구한다는 명목으로 야만적인 실험이 자행되고 있었다.

새끼 침팬지들은 태어나자마자 어미에게서 분리되어 18개월 동안 육아실에서 길러졌다. 그런 후 한 쌍씩 작은 우리에 넣어졌다. 높이와 넓이가 각각 60센티미터도 채 안 되는 우리는 너무 작아서 어린 침팬지들이 거의 움직이지도 못할 지경이었다. 두 살가량 되면 침팬지들은 강철 상자에 단독으로 갇혔다. 상자는 높이 100센티미터에 넓이 70센티미터도 안 되는 크기였다. 이 강철 상자는 공기를 통한 바이러스 감염을 막기 위해 침팬지들을 서로 격리시켜 놓는 장치였다. 실험실은 어린 침팬지들이 보고 냄새 맡고 맛보고 소리 내고 만지는 기능을 박탈하고 있었다.

비디오를 본 제인은 충격에 휩싸였고 공식적으로 SEMA와 그들의 실험을 비난하고 나섰다. 그러자 SEMA 측은 1987년 3월에 제인을 초대하여 실험실을 보여주며 그들의 연구 활동

에 대한 마음을 바꿔 주기를 바랐다. 그렇지만 실험실의 실상
은 비디오에서 본 사실을 눈으로 한 번 더 확인시켜 줄 뿐이
었다. 제인은 침팬지들에게는 사회적인 관계와 활동, 놀 기회
등이 필요하다고 주장했다. 하지만 쇠귀에 경 읽기였다.

계속되는 노력 끝에 한 사람이 제인의 말에 귀를 기울여 주
었다. 그는 실험실에서 동물들을 제대로 다루지 못했다는 걸
비로소 깨달았다. 그는 자금을 마련해 우리를 좀더 크게 만들
고 침팬지들이 가지고 놀 장난감과 기어오를 구조물을 만들
어 주었다. 또 침팬지들을 하나하나 따로 가두지 않고 서로
짝을 지어주기 시작했다.

제인의 다음 행보는 1988년 5월, 뉴욕 턱시도의 영장류 의
료실험과 수술 실험실(이하LEMSIP)이었다. 이곳에서 제인은
어린 침팬지들이 장난감을 가지고 노는 것을 보았다. 놀이기
구 정글짐과 창문도 있었다. 돌봐주는 사람들은 침팬지에게
애정을 쏟았다. 침팬지들이 어느 정도 자라나면 그들은 개인
우리로 옮겨졌다. 우리는 높이와 넓이가 150센티미터 정도였
다. SEMA의 침팬지들과는 다르게 LEMSIP 침팬지들은 알루
미늄 창살을 통해서 서로 소통하며 볼 수 있었다. 하지만 그
들도 대부분 다른 침팬지들과 육체적인 접촉은 전혀 하지 못
했다.

제인은 우리 안의 침팬지들을 보고 서글퍼졌다. LEMSIP 침팬지 중 '스파이크'라는 침팬지 앞에 서 있는데 갑자기 힘이 빠져 녀석 앞에 무릎을 꿇고 눈물을 흘렸다. 스파이크는 창살로 손을 뻗어 제인의 뺨에 흐르는 눈물을 만졌다. 제인을 안내해 준 LEMSIP의 수의사 짐 마호니는 이 장면을 보고 울컥해져서 잠시 자리를 피했다. 이 모습에 당황한 스파이크가 심한 반응을 보였다. 아마도 녀석은 이 낯선 여자가 자신의 친구를 다치게 했다고 생각한 모양이었다. 스파이크는 제인의 손을 잡아채어 오른쪽 엄지손가락을 물어뜯었다. 이 사고로 제인의 엄지손가락 끝이 절단되었다. 하지만 사고 후에도 제인은 낙담하지 않았다. 오히려 스파이크와 같은 실험실 침팬지들의 삶을 더 행복하고 충만하게 해주어야겠다는 의지가 강해졌다. 그러나 이따금 이런 그녀의 노력은 비난과 맞닥뜨리기도 했다. 1990년 어느 인터뷰에서 제인은 일부 과학자들이 자신에게 갖고 있는 적대감에 대해 설명했다.

"나를 향한 적대감 저 너머에는 이런 감정이 있습니다. '만약 제인이 이 일에서 손을 떼고 우리가 침팬지들의 환경을 개선하는 일을 했다면 훨씬 더 많은 돈이 들었을 것이다. 침팬지들의 환경을 바꾼 건 이제 시작에 불과하다. 그다음에는 원숭이와 개, 고양이 등을 위해 일하려고 할 것이다.' 물론 나는 그럴 겁니다!"

제인구달협회의 도움을 받아 제인은 LEMSIP에 실험실 전
문가를 양성하기 위한 다양한 프로그램을 운영할 수 있도록
했다. 제인이 첫 방문한 후 몇 년 내에 이곳 실험실 침팬지들
은 깨지지 않는 거울과 버드나무 가지, 호기심을 자극하거나
가지고 놀 칫솔 등과 같은 물건들을 공급 받았다.

제인은 동물들이 우리에서 지낸다는 것은 여전히 끔찍한
일이라고 느꼈다. 하지만 침팬지들이 보상과 같은 자극을 받
으면 더 행복해한다는 것도, 그래서 새로운 장난감과 포상을
가져다 줄 인간을 목 빠지게 기다린다는 것도 인정했다.

제인은 침팬지 실험실 환경 문제에 초점을 맞추어 일하면
서도 야생침팬지에게도 소홀하지 않았다. 1992년, 제인은 침
팬지 보호구역을 만드는데 도움을 주었다. 미국의 석유회사
코노코는 자신들이 석유개발을 하는 과정에서 환경보호를 위
해 노력한다는 것을 입증해 보이고 싶었다. 코노코는 고아가
된 침팬지들을 돕기 위해 콩고인민공화국에 제인의 도움을
받아 침팬지 보호구역을 세우기로 서약했다. 1992년 12월,
'침퐁가' 지역이 개장했고 고아가 된 어린 침팬지들을 포함한
스물두 마리가 새로운 보금자리로 터전을 옮겼다.

침퐁가 프로젝트에 관련되면서 제인은 친숙한 골칫거리가
생겼다. 또다시 자금 문제가 생긴 것이다. 코노코 회사가 건

축 비용 66만 달러를 맡았고 제인구달협회가 매년 10만 달러를 책임지기로 했다. 그런데 1993년 제인구달협회는 자금이 고갈된 상태라서 침퐁가 뿐만 아니라 다른 프로젝트도 후원할 수 없게 되었다. 협회의 투자가 원활하게 이루어지지 않았고 미국 경제도 침체된 상황이었다. 이것은 자선을 행하는 사람들이 점점 줄어든다는 것을 의미했다. 하지만 제인은 이 프로젝트가 꼭 필요하다고 믿었기에 다시 한번 직접 모금운동에 나섰다. 1990년에 제인은 기초과학 분야에서 '교토상'을 받았는데 거의 노벨상에 필적할 만한 상이었다. 여기서 제인은 부상으로 5만 달러를 받았다. 제인은 이 금액을 전액 침퐁가 프로젝트에 내놓았다. 그리고 그녀는 모금 운동을 시작했다.

침팬지 보호구역과 실험실의 환경개선 운동은 전 세계에 동물들이 함께 살 수 있는 환경을 만들자는 취지에서 비롯된 것이다. 하지만 제인은 동물들과 마찬가지로 수많은 사람이 도움의 손길을 필요로 한다는 걸 깨달았다. 1989년에 제인은 다르에스살람의 고등학교에 가서 학생들에게 침팬지의 의사소통과 연장사용, 그 밖의 행동에 대해 강연했다. 시간이 다 되어가자 제인이 추가로 더 질문이 있는 사람은 이름을 남겨달라고 했다. 제인은 이름이 적힌 목록을 받아들었다. 그리고 몇 주 후에 이 호기심 많은 학생 열네 명을 집으로 초대해 동물과 그 보존 방법에 대해 이야기를 나누었다. 그러자 학생들은 클럽을 만들어 동물들을 보호하고 인간과 동물이 더불어 살 수 있는 좋은 환경을 만들자는 운동을 펼치기로 했다. 이것이 '루츠앤슈츠Roots&Shoots'의 시작이었다.

글자 그대로 루츠는 '뿌리'라는 뜻으로, 땅 밑에서 조금씩 자라며 커다란 나무로 성장할 수 있도록 단단한 토대를 만든다는 것을 의미한다. 슈츠는 '새싹'으로, 처음에는 연약해 보이지만 햇빛을 받으려고 어떠한 장벽도 뚫고 자라난다는 것을 의미한다. 이런 강력한 은유가 제인이 루츠앤슈츠에서 이루고자 하는 것이다.

"여러분이 차이를 만듭니다. 여러분의 삶은 중요하고 세상을 구하는 건 여러분 손에 달렸습니다. 그러니 우리 각자에겐 임무가 있다는 말입니다." 제인이 청중 앞에서 말했다.

1991년 다르에스살람의 고등학교에서 시작한 이 작은 모임이 현재 전 세계 87개국 학교와 지역사회에 7,000여 개가 넘는 클럽이 운영되고 있다.

"진정으로 차이를 만들고 싶다면 젊은이들이 세상을 변화시켜야 합니다…… 이것보다 더 중요한 건 없으니까요. 나는 이 프로그램을 발전시키는 것에 아주 많은 시간을 썼습니다." 제인이 말했다.

동물을 보존하자는 게 루츠앤슈츠의 가장 중요한 취지이
다. 아프리카 서식지 파괴를 줄일 가장 좋은 방법은 야생동물
서식지 근처 마을 사람들이 백인들에게 팔 나무들을 베지 않
는 것이었다. 그렇게 되면 침팬지들은 땅을 빼앗기지 않아도
되었다. 1994년, 제인과 제인구달협회는 TACARE 프로젝트
를 실행했다. 이 프로젝트의 목표는 곰베 근처에 사는 마을
사람들과 더불어 자연환경을 보전하고 그들의 삶을 개선해
줄 방법을 모색하는 것이었다. TACARE는 탄자니아 호숫가
와 산과 언덕에 숲을 되살리고 마을 사람들의 수입을 늘릴 수
있는 농작물 개발을 도왔다. 가족계획을 세우는 것 외에도 공
중위생과 에이즈 교육도 실시했다. 또 TACARE 프로젝트는
루츠앤슈츠 프로그램을 지원했다.

이 운동이 있고 10년도 안 되어 곰베 근처에 분포하는 30
여 개 마을이 TACARE 프로그램에 참여했다. 100만 그루가
넘는 나무가 심어졌고 150명이 넘는 학생들에게 고등학교와
대학에 갈 자금이 지원되었다. TACARE는 대성공을 거두었
고 콩고와 카메룬에서 행해지는 다른 프로젝트의 롤모델이
되었다.

초창기 곰베 침팬지 연구에서부터 류츠앤슈츠를 거쳐
TACARE 프로젝트에 이르기까지 제인이 평생 맡은 모든 프

로젝트는 처음에 구상했던 것보다 규모가 훨씬 더 커졌다. CCCC와 제인구달협회는 강력한 동물 인권 보호단체가 되었고 루츠앤슈츠와 TACARE는 계속해서 퍼져 나가고 있다. 한때 새벽부터 밤까지 곰베의 밀림 속을 누비던 젊은 여성은 이제 1년에 300여 나라를 돌아다닌다.

명성은 일을 시작한 초창기부터 따라다녔지만 한번도 일자체보다 중요하게 생각한 적은 없었다. 그녀는 언제나 스포트라이트에서 사생활을 지키려고 애썼지만 그녀의 명성은 이를 어렵게 했다. 제인은 점점 더 대중에 노출되었다. 케이블 방송에도 나오는가 하면 〈손베리의 가족대탐험〉이라는 TV 시리즈물에는 등장인물 목소리 출연을 하기도 했다. 또 〈심슨 가족〉에 패러디되기도 하고 저명한 만화가 개리 라르손이 그린 만화의 주제가 되기도 했다. 사람들은 제인을 '영웅'으로 여겼다.

제인은 아들 그럽과 밀접한 관계를 유지한다. 장성한 그는 현재 결혼해서 아내와 세 아이와 함께 탄자니아에 살고 있다. 여전히 그는 침팬지와 어머니 일에는 관심이 크지 않지만 그의 아들은 동물에 지대한 관심을 보이고 있다. 그럽은 낚시를 무척 좋아해 다르에스살람에서는 낚시꾼으로 명성이 자자하다.

탄자니아에서 그럽과 함께 살던 휴고는 2000년에 세상을 떠났다. 이 소식을 들은 제인은 무척 슬펐다. 그리고 2001년, 제인의 영원한 정신적 지주인 어머니 반느도 세상을 떠났다. 어머니의 죽음만큼 제인을 망연자실하게 한 사건은 없었다. 여기저기 강연에서 제인은 반느를 기리는 연설을 했다.

"내가 가장 감사하는 사람은 바로 제 어머니입니다. 어머니는 3년 전에 돌아가셨지만 아직도 주위에 살아계신 듯합니다. 언제나 어머니는 가장 큰 격려와 후원을 아끼지 않았습니다. 어머니가 지독히도 그립습니다."

2004년, 70번째 생일에 제인은 캘리포니아 패서디나에서 열리는 루츠앤슈츠 페스티벌에 참석했다. 50개가 넘는 루츠앤슈츠 클럽이 제인을 만나 함께 프로젝트에 대한 이야기를 나누고 그녀의 강연을 들었다. 제인은 진홍색 터틀넥과 누빈 재킷을 입고 생기 있고 강렬한 표정으로 그들을 바라보았다. 누군가가 제인에게 젊음의 비결이 무엇인지를 물었다.

"할 일이 줄 서 있기 때문이죠." 제인이 대답했다.

요즘 제인은 1년에 열 달은 전 세계 각지를 돌아다니며 야생동물의 보존과 사회공동체의 역할 등을 강연한다. 아주 오래전 그녀는 천혜의 장소로 야생동물을 보러 가기를 꿈꾸었다. 이제 그녀는 동물들과 우리의 지구를 보전해 다음 세대로 연결해 주고자 하는 꿈을 꾸고 있다. 어느 강연에서 제인은 이런 꿈에 대해 피력했다.

"매일 아침 눈을 뜨면 우리 개인은 저마다 이 세상에 영향을 줍니다. 우리는 세상을 도울 수 있습니다. 우리가 영향을 주고 싶은 분야를 선택해서 말입니다…… 이 메시지를 여기저기 전합시다…… 많은 사람이 우리와 함께하게 합시다…… 그래서 우리의 손자 손녀가 태어나고, 또 그들의 자손이 태어날 때 하늘과 나무는 파랗고, 새들은 노래하고, 아프리카의 침팬지들이 활동할 수 있는 그런 세상에서 살게 합시다."

● 침팬지

아프리카에 서식하는 유인원으로, 몸은
길고 검은 털로 덮여 있으며 새끼는 세 살까
지 항문 위에 흰털이 있다. 꼬리가 없으며
팔이 다리보다 길고 귀가 크다. 손이 길어서
물건을 붙잡거나 쥐기에 알맞다. 엄지발가
락이 손가락처럼 벌어져 있어 나무에 기어
오를 때 나뭇가지를 붙잡을 수 있다. 침팬지는 암수 모두 대머리
가 흔하다. 앞머리에는 긴 털이 있고 입술 부근에는 거친 흰털이
있다. 코는 편평하여 피부의 주름과 같이 보이고 몸과 다리는 통
통하고 짧다. 이빨수는 사람과 같은 32개이고 염색체 수는 사람
보다 한 쌍이 많다. 성적으로 성숙하기까지는 암컷이 6~8년, 수
컷이 8~9년 걸린다.

● 고릴라

뒷다리로 서면 키가 2미터, 무게는  280킬로그램 정도이며, 검은색 내지 검은 갈색이다. 송곳니가 크며 팔이 길고 다리는 짧으며, 입이 크고 눈썹 이 없다. 작은 가족을 이루어 살며, 버섯, 과실, 나무뿌리 따위의 식물질을 먹는다. 아프리카 적도 부근 나무숲에 분포하는데 멸종 위기에 처한 국제 보호동물이다.

● 오랑우탄

성성잇과의 포유동물로, 키는 14미터 정  도이며, 팔이 매우 길다. 얼굴은 누런빛을 띤 흑색, 털은 누런 갈색이다. 온몸은 적갈 색의 긴 털로 덮여 있으나 얼굴에는 털이 없 고 어른이 된 수컷은 몸에서부터 가슴에 걸 쳐 큰 목주머니가 발달하여 얼굴 양쪽에 큰 주름이 생긴다. 보르네오 섬과 수마트라 등지의 밀림 지대에서 수상생활을 한다.

● 개코원숭이

통칭 비비라는 이름으로 알려져 있다. 사람과를 제외하고 가장 큰 영장류 중 하나다. 종에 따라서 크기와 몸무게가 다르다. 작은 것은 50센티미터에 몸무게가 14킬로그램인 반면에 가장 큰 것은 120센티미터에 몸무게가 40킬로그램에 이른다. 일반적으로 몸이 튼튼하고 듬직한 체격이며 털은 담갈색부터 암갈색이다. 수컷은 턱 부분의 돌출이 뚜렷하며 길고 큰 송곳니가 있고, 얼굴은 검은색이다. 지상생활에 적응되어 있어, 잎사귀와 열매, 곤충을 주로 먹으며 영양의 새끼나 토끼도 잡아먹는다.

● 갈라고원숭이

아프리카 대륙에 사는 작은 야행성의 영장류로 부시베이비 또는 나가피라고 불린다. 아프리카 사하라 사막 이남에서 볼 수 있다. 회색이나 갈색, 적갈색, 황갈색을 띤 동물로 양털과 같이 부드러운 털로 덮여 있다. 눈과 귀가 크고 뒷다리가 길며, 꼬리도 길다. 그리고 발의 윗부분(발목)이 매우 길다는 점과 귀를 접을 수 있다는 점이 이 동물의 또 다른 특징이다. 갈라고는 낮에 잠을 자고 밤에 활동하며 과

일이나 곤충, 작은 새 등을 먹이로 한다. 갈라고는 나무위에서 매달리고 뛰어다닌다. 몸길이는 다양해서 꼬리를 빼고 12~16센티미터 정도이고 큰 것은 30~37센티미터에 이른다.

● 긴꼬리원숭이

몸길이가 30~65센티미터로, 게논이라고도 한다. 날씬하고 우아하며 네 발로 걷는다. 숲의 나무에 살며 사회를 이루는 기본단위는 가족이다. 나뭇잎과 과일, 그 밖의 식물을 먹지만 곤충을 비롯한 작은 동물을 먹기도 한다. 만드릴, 망토개코원숭이, 게잡이원숭이, 사바나원숭이 등이 있다.

● 베르베트원숭이

아프리카 전역의 사바나 지대에 분포하며, 몸길이 41~62센티미터 꼬리길이 53~72센티미터로 대부분 산림의 나무 위에서 살고 있는데, 그중에서 사바나에 진출한 것을 통틀어서 이르는 명칭이다. 서아프리카에서 동아프리카까지의 사바나에 걸쳐 널리 분포되어 있다. 털은 매끄러우며 짧고 얼굴은 검고 털이 없다. 사바나에서도 비교적 나무가 많은 곳, 특히 강가의 숲을 좋아하며 울창한 산림 속이나 건조한 황무지에는 살지 않는다. 10~50마리가 무리를 짓는데, 강한 결속력을 구성하고 있다. 먹이는 과실이 주식이지만 풀의 열매와 버섯, 일부 곤충이나 작은 동물들도 먹는다.

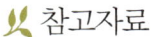 참고자료

Bergen, Candice. "With Jane Goodall in Afric." *Ladies' Home Journal* 92 (February 1975): 32-36, 70.

CNN Newsnight Aaron Brown, February 11, 2005.
http://transcripts.cnn.com/TRANSCRIPTS/0502/11/asb.01.html

Chu, Jeff. "The Queen of Gombe." *TIME Europe* 164 (Ocotber 11, 2004): 60.

Enough Rope with Andrew Denton, Episode 113.
http://www.abc.net.au/tv/enoughrope/transcripts/s1691815.htm

Fuller, Alexandra. "Jane Goodall." *Vogue*, August 2005, 204.

Goodall, Jane. *Africa in My Blood*. Edited by Dale Peterson.
New York: Houghton Mifflin Company, 2000.

_____.*Beyond Innocence*. New York: Houghton Mifflin Co., 2001.

_____. "Dangerous to the Environment: Jane Goodall's Speech to the Commonwealth Club of California." *Vital Speeches of the Day* 70

(November 15, 2003): 71-79.

_____. "Environment: Reasons for Hope. "Speech, Aspen Ideas Festival, The Aspen Institute, Aspen, Colorando, July 6, 2005. http://www.aspeninstitute.org/site/c.huLWJeMRKpH/b.1106779/k.45AA/ Dr._Jane_Goodall_at_Ideas_Fest.htm

_____. "Learning form the Chimpanzees: A Message Humans Can Understand." *Science* 282 (December 18, 1998): 2184-2185

_____. "Life and Death at Gombe." *National Geographic*, May 1979, 592-621

_____. "My Life Among Wild Chimpanzees," *National Geographic*, August 1963, 272-308.

_____. "*MY Life with the Chimpanzees.* New York: Simon & Schuster, 1996.

_____. "New Discoveries Among Africa' s Chimpanzees." *National Geographic*, December 1965, 802-31.

_____. "Old Flo: The Matriarch of Gombe Is Dead." *The Sunday Times*, London, October1, 1972, 9.

_____. "Protecting the Web of Life." Presentation, State of the World Forum, New York, N.Y., September 9, 2000. http://www.simulconference.com/clients/sowf/plsimcasts/plenary15.ht ml

_____. "Reaching Across the Species Barrier." Press conference interview reproduced in *Orion*, Spring 1990. http://arts.envirolink. org/interviews_and_conversations/JaneGoodall.html

_____. *Through a Window*. New York: Houghton Mifflin Co., 1990.

Goodall, Jane, with Phillip Berman. *Reason for Hope*. New York: Warner Books, 2000.

Haugen, Brenda. *Jane Goodall*. Minneapolis, Minn.: Compass Point Books, 2006.

Jane Goodall: My Life with the Chimpanzees. Narrator, Jack Lemmon. Producer, Judith Dwan Hallet. Writers, Patrick Prentice, Lynn McDevitt. Washington, D.C.: National Geographic TV, 1990.

"Louis Leakey's Legacy: Celebrating the Centennial of His Extraordinary life and Finds," AnthroQuest Online, Fall 2003. http;//www.leakeyfoundation.org/newsandevents/n3.jsp

Miss Goodall and the Wild Chimpanzees. Narrator, Orson Welles. Executive Producer, Robert C. Doyle. Producer and Writer, Marshall Flaum. Washington, D.C.: National Geographic TV, 1965.

Morell, Virginia. "The Discover Interview: Jane Goodall: The Woman Who Changed the Way We Think about Animals Reflects on What She's Learned from Her Adoptive Chimpanzee Family." *Discover* 28 (March 2007): 50.

Peterson, Dale. *Jane Goodall: The Woman Who Redefined Man*.
New York: Houghton Mifflin Company, 2006.

Rauber, Paul. "People Say That Violence and War Are Inevitable.
I Say Rubblish (An Interview with Jane Goodall)."
Sierra 91 (May-June 2006): 42-44.

Selim, Jocelyn. "Why Chimps Still Deserve Our Respect: We're Not
the Only Creatures with Personalities, Minds, and Feelings.'" *Discover*
25 (May 2004): 18-20.

van Lawick-Goodall, Jane. *In the Shadow of Man*. London: William
Collins & Sons Co Ltd, 1971.

Vanderpool, Tim. "Going Ape: The Chimpanzoo Program Enables
More Scientists to Join the Goodall Fight." *Tucson Weekly*, October 12,
2000.

🌿 연보

1934년 런던에서 출생(4월3일)

1957년 꿈에도 그리는 아프리카 대륙에 도착

1960년 룰루이 섬에서 처음으로 베르베트 원숭이 연구 착수

1960년 26세의 젊은 나이로 탕가니카 호숫가에 위치한 곰베스트림 침
        팬지 보호구역 으로 들어가 침팬지를 연구한 이래로 지금까지
        평생 그곳에 터전을 잡음 (세계 최초로 침팬지를 연구함)

1964년 휴고 반 라빅과 결혼

1967년 『내 친구 야생침팬지들』 출간

1977년 야생동물 연구와 지구의 환경을 보존할 목적으로 제인구달연
        구소를 설립함

1983년 『인간의 그늘에서』출간

1986년 『곰베의 침팬지들: 행동양식』

1987년 알버트 슈바이처 상

1989년 동물을 보존하자는 취지로 '루츠앤슈츠' 클럽을 만듦

1990년 교토상 수상

1991년 『창을 통해서: 곰베의 침팬지와 함께 보낸 30년』 출간

　　　　『제인구달의 아름다운 우정』 출간

　　　　에든버러 메달

1992년 제인구달연구센타를 설립해서 곰베의 침팬지 연구를 통해 수

　　　　집한 자료를 보관함

1995년 내셔널지오그래픽 소사이어트 하바드 상

2002년 벤자민 프랭클린 메달

　　　　UN 평화의 대사 임명

2004년 영국 제국 훈장 DBE

2010년 현재 76세로 1년 내내 세계 각지를 돌아다니며 야생동물 보존

　　　　과 사회공동체의 역할에 대해서 강연 중임

🌱 옮기고 나서

아무도 가지 않은 길,
그리고 열정

레이첼 카슨, 오프라 윈프리에 이어 이번 번역 작품은 W 시리즈 네 번째로 제인 구달이다. 이렇게 계속 위인들의 삶을 전기를 통해 함께 하다 보니 그들에게 한결같은 공통점을 발견한다. 그것은 간절히 원하고 포기하지 않으면 무엇이든 이룰 수 있다는 것이다. 제인 구달 역시 여성에게는 사회적 제약이 많던 시절이었음에도 단 한번도 자신의 꿈을 포기하지 않고 열정을 불태웠다. 때로는 남들에게 미쳤다고 손가락질 받기도 했고 시대의 금기와도 싸웠다.

『제인 구달』을 번역하면서 새삼스레 깨달은 것은 남이 인정하지 않아도 스스로 즐거운 일을 한다는 것에 대한 보람과 성취다. 남들을 모방하고 유행을 좇기 바쁜 현대인들에게 제인 구달의 성공은 예사롭지 않다. 유행을 따라 모방하는 것이 꼭

나쁘지는 않지만 자신의 꿈조차 값싼 시대유행을 따른다면 문제는 다르다. 현대를 살아가는 대다수 사람들의 꿈인 의사, 법관, 고소득 전문가, 배우, 가수, 스포츠 스타 등에 머물기보다 다소 황당하더라도 아프리카의 초원에서 동물들과 함께 지내기를 소원한 제인 구달 같은 꿈을 꾼다면 이 세상은 좀더 살만하고 의로운 사회가 되지 않을까?

어린 시절부터 집 정원에서 동물 관찰을 즐긴 제인 구달은 운명과도 같은 책 두 권을 만난다. 바로 『닥터 둘리틀 이야기』와 『타잔』이다. 이 책들은 모두 아프리카를 배경으로 한 모험을 그리고 있다. 이때부터 제인 구달은 아프리카를 동경하며 살았고, 마침내 20대 초반에 꿈에도 그리던 아프리카 땅을 밟는다. 하지만 현명한 제인 구달은 성공의 열매를 그리 쉽게 얻으려 하지 않았다.

곰베 국립공원에 도착한 제인은 도착한 첫날부터 침팬지들을 찾아 나섰다. 꼭두새벽부터 늦은 밤까지 제인에게는 오로지 침팬지에 대한 생각뿐이었다. 침팬지들에게 자신이 위협적인 존재가 아니라는 것을 보여주려고 그들처럼 나뭇잎을 주워 먹기도 하고, 그들처럼 네 발로도 걸어 다녔다. 또한 그들이 먹는 먹잇감이 어떤 종류인지를 알아보려고 서슴지 않고 그것을 맛보기까지 했다. 그리고 모든 것을 낱낱이 관찰노트에 기록했다. 습기 탓에 발가락에 세균이 번식하고 피부가 물렀지만 침팬지에 대한 그녀의 사랑과 열정은 식을 줄 몰랐다. 늘 자신보다 그들을 먼저 생각하고 그들을 위험한 환경에서 구하려고 온갖 정성을 기울였다.

이런 오랜 노력으로 제인 구달은 자신의 이름을 하나의 브랜드로까지 만들었고 이제 침팬지하면 제인 구달이란 인물을 떼어놓고 얘기할 수 없을 만큼 성공했다.

자칫 시대성에 종속된 가치를 따르기 쉬운 세상에서 『제인 구달』은 우리가 얻으려고 하는 행복이나 가치를 새롭게 인식하게 한다. 그녀는 아무도 가지 않은 길을 용감히 걸어갔다. 이 책의 독자들도 자기만의 길, 자기만의 행복을 향해 떠났으면 좋겠다. 성공을 위해서가 아니라 나를 위해서 말이다. 그리고 세상을 위해서…….

지은이 • 수딥타 바단 퀘렌 Sudipta Bardhan-Quallen

바단 퀘렌은 캘리포니아공과대학에서 생물학으로 학사와 석사학위를 받았다. 그녀는 어릴 때부터 작가가 되기를 꿈꾸지는 않았다. 하지만 글을 쓰기 시작한 이후로 글쓰기를 멈출 수 없을 정도로 글쓰기를 사랑하게 되었다. 그녀는 20여 권이 넘는 아동 · 청소년용 도서를 썼다. 그녀가 쓴 책의 범위는 그림책에서 비롯해 청소년 논픽션에 이르기까지 아주 다양하다. 현재 남편과 두 딸과 함께 뉴저지에서 살고 있다.

옮긴이 • 권혁정

영어영문학을 전공하고 학교에서 아이들을 가르쳤다. 외화를 다수 번역하였고 지금은 전문번역가로 활동 중이다. 옮긴 책으로『책벌레 만들기』『우주전쟁』『엑스를 찾아서』『내 마음의 크리스마스』『아프가니스탄의 눈물1,2,3』『히치콕:공포의 미로 혹은 여행』『헤티-월스트리트의 마녀』『12월의 웨딩』『레이첼 카슨』『오프라 윈프리』등이 있다.

$\mathcal{W}$ 세상을 빛낸 위대한 여성

제인 구달

첫판 1쇄 인쇄일 2010년 9월 20일
첫판 1쇄 발행일 2010년 9월 30일

지은이 수딥타 바단 퀘렌 | 옮긴이 권혁정
펴낸이 엄건용 | 펴낸곳 나무처럼
디자인 오필민| 표지삽화 이강훈
주소 서울시 마포구 서교동 377-13 성은빌딩 102호
전화 02) 337-7253 | 팩스 02) 337-7230
E-mail namubooks@naver.com
ISBN 978-89-92877-14-5 (44840) | 978-89-92877-10-7 (세트)